Um die gesamte Geschichte zu hören (oder zu lesen), brauchst du ungefähr so lange, ...

... wie wenn du alle deine Kuscheltiere eincremen würdest ...

... und ihnen anschließend dabei zusehen müsstest, wie sie von deiner Mama in der Waschmaschine gewaschen werden.

**KARL**

Gräbt hinter der Schule ein Loch für ein
Wildschwein. Obwohl gar keins da ist.

**HANNES**

Kämpft mit einem Mammut und hält
es anschließend schön warm.

# ANTONS BESTE FREUNDE

**MARIE**

Hat die schlimmste Mutter der Welt
und irgendwann eine Socke weniger.

**MICHEL**

Hat auf dem Klo die weltbeste Idee
für einen Grabstein.

Oetinger

**ANTON**
Hat eine Mama, die sich in eine Eule,
ein Känguru und einen Breitmaulfrosch
verwandeln kann.

**MEIKE HABERSTOCK** (* 1976 in Münster / Westfalen) schreibt und zeichnet, seitdem sie einen Stift halten kann. In der Schule führte dies dazu, dass sie in Diktaten die Wörter, die sie nicht schreiben konnte, eben malte. Ein paar Jahre später studierte sie Pädagogik, arbeitet aber seit langem in der Werbung. Nach eigenen Angaben denkt sie sich am liebsten »rund um die Uhr Quatsch aus«. Zurzeit macht sie das in Hannover, wo sie mit ihrer Familie lebt. *Anton hat Zeit* ist ihr erstes Kinderbuch im Verlag Friedrich Oetinger.

MEIKE HABERSTOCK

# ANTON HAT ZEIT

### ABER KEINE AHNUNG, WARUM!

VERLAG FRIEDRICH OETINGER · HAMBURG

FSC
www.fsc.org

MIX
Papier aus verantwor-
tungsvollen Quellen
FSC® C012425

© Verlag Friedrich Oetinger GmbH, Hamburg 2015
Alle Rechte vorbehalten
Einband und farbige Illustrationen von Meike Haberstock
Satz: Sabine Conrad, Rosbach
Druck und Bindung: Offizin Andersen Nexö, Zwenkau
Printed 2015/II
ISBN 978-3-7891-3729-7

www.oetinger.de

Zeit ohne Ende,
Fragen ohne Ende
S. 11

Alarmstufe 1
S. 14

Alarmstufe 2
S. 20

Alarmstufe 3
S. 25

Das Über-dem-
Gürtel-Tier
S. 31

Der Alles-
wieder-gut-
Moment     S. 38

Der Bus- und
Bettentag
S. 44

Das busfahrende
Chamäleon
S. 51

Ein Mammut
namens Gisela
S. 58

Das Mammut
wacht auf
S. 65

Totes Tier
am Morgen ...
S. 71

Die
Eichhörnchen-
Beerdigung
S. 77

Fragestunde bei Opa
S. 84

Ein folgenschwerer Unfall
S. 91

Zeit für eine gute Idee
S. 97

Das Uhrengeheimnis
S. 102

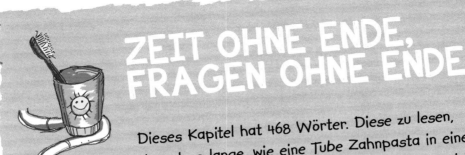

# ZEIT OHNE ENDE, FRAGEN OHNE ENDE

Dieses Kapitel hat 468 Wörter. Diese zu lesen, dauert so lange, wie eine Tube Zahnpasta in einer langen Linie auf dem Badezimmerboden auszudrücken.

Anton war sechs. Er besaß 67 Spielzeugautos, 19 Kuscheltiere, sieben komplette und zwei halbe Paare blaue Socken, eine Mama und jede Menge Zeit. Allerdings hatte er keine Ahnung, warum er sie hatte. Also die Zeit, nicht die Mama, die Socken,

die Kuscheltiere oder die Autos. Antons Zeit war einfach da. Er hatte sie nicht auf der Straße gefunden, so wie neulich den kleinen, silbernen Schraubenschlüssel, den er seitdem in seiner Schatzkiste aufbewahrte. Er hatte die Zeit nicht gespart, so wie er es mit einem kleinen Teil seines Taschengeldes machte. Sie war ihm nicht zugelaufen wie ein kleiner Hund, und Anton hatte erst recht niemandem Zeit weggenommen. Zumindest nicht absichtlich. Anton wusste ja, was sich gehörte. Und das gehörte auf keinen Fall dazu.

Anton wusste sehr viel. Für einen Sechsjährigen. Antons Mutter wusste sehr wenig. Für eine Dreißigjährige, fand er. Denn warum stellte sie ihm sonst ständig irgendwelche Fragen?

Morgens vor der Schule zum Beispiel fragte Mama oft: »Anton, warum bist du noch nicht angezogen?« Abends fragte sie dann: »Anton, warum bist du noch nicht ausgezogen?«

Nach dem Spielen und vor dem Essen (und auch sonst ein paarmal am Tag) fragte Mama: »Anton, hast du dir die Hände gewaschen?« Und Anton antwortete dann entweder »Nein, vergessen!« oder »Ja, aber nur eine!«.

Auf längeren Autofahrten fragte Mama mindestens zehnmal: »Anton, musst du mal?« Anton antwortete dann neunmal: »Nei-hein!« Bei der zehnten Wiederholung nickte er aber meistens, statt zu antworten, weil er die Luft anhielt – so dringend musste er dann.

Mama kannte das schon. Sie hielt dann immer schnell an. Anton sprang aus dem Auto und verschwand hinter einem Baum, Busch oder Müllcontainer. Wenn er zurückkam, hätte er wieder antworten können. Wenn Mama etwas gefragt hätte. Tat sie aber nicht. Sie schwieg dann. Oder zog die linke Augenbraue hoch. Manchmal machte sie auch beides gleichzeitig.

Die Frage, die Mama am häufigsten stellte, war: »Himmel, wo ist nur schon wieder die Zeit geblieben?« Sie stellte diese Frage ständig, immer und überall. Im Supermarkt an der Kasse. Im Treppenhaus. In der Umkleidekabine. An der roten Ampel in der Schlüterstraße. Sogar beim Zahnarzt, mit dem Spuckeabsauger im Mund. Sie schaute auf ihre Armbanduhr und fragte: »Himmel, wo ist nur schon wieder die Zeit geblieben?«

Anton fand das fast ein wenig peinlich. Warum wusste Mama das nicht?

In *ihrem* Alter!

Dabei sollte man doch immer gut auf seine Sachen aufpassen, sagte Mama ihm ständig – aber besser als er machte sie es auch nicht. Sonst hätte sie ja nicht so oft fragen müssen, wo ihre Zeit geblieben war.

Warum Mama immer den *Himmel* befragte, verstand Anton nicht, aber recht war es ihm trotzdem. Denn eine Antwort hätte *er* nicht gehabt. Er wusste nicht, warum er Zeit hatte. Und er wusste auch nicht, warum Mama keine Zeit hatte.

Noch nicht. Aber das sollte sich bald ändern.

DREIZEHN

# ALARMSTUFE 1

Dieses Kapitel hat 837 Wörter. Wer die liest, könnte in derselben Zeit auch seinem Kaninchen mit der Bastelschere eine neue Frisur verpassen.

Wenn ein Mensch viel Zeit hat und ein anderer keine, dann passen diese Menschen nicht besonders gut zusammen. Erst recht nicht, wenn sie zusammenwohnen.

Anton und seine Mama wohnten zusammen. Sogar in *einer* Wohnung. Die lag im vierten Stock der Margaretengasse Nummer 56.

Einen Aufzug gab es nicht, dafür aber ein schönes Treppenhaus mit einem knallroten Geländer. Zu ihrer Wohnung mussten Anton und Mama 84 Stufen hochsteigen. Und wenn sie morgens zur Schule und zur Arbeit wollten, liefen sie diese 84 Stufen wieder hinunter. Anton kannte jede einzelne Stufe. Die zwölfte und die 23. quietschten wie kleine Entenküken. Die 31. war einmal erneuert worden, weil sie durchgebrochen gewesen war. Und die 72. knarrte gruselig, wenn man in der Mitte drauftrat. Es musste aber wirklich genau die Mitte sein.

*Margaretengasse*

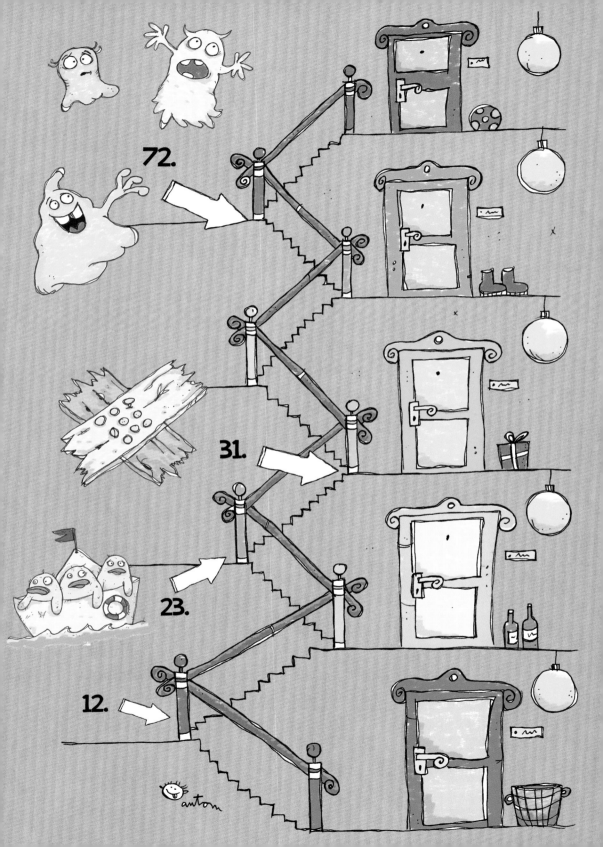

Meistens gingen Anton und Mama die Treppe einfach rauf und ein paar Stunden später wieder runter. Oder erst runter und dann wieder rauf. Dabei zählten sie abwechselnd die Stufen, erzählten sich, was sie an diesem Tag vor- oder schon erlebt hatten, sangen Lieder oder machten Witze.

Manchmal machten sie allerdings beim Hinuntergehen auch etwas anderes. Anton und Mama schwiegen sich an. Meist bis in den zweiten Stock hinunter. Erst dort traute Anton sich wieder, etwas zu sagen.

> Etwas Anstrengendes. Etwas *sehr* Anstrengendes.

Das Schweigen war ein sicheres Zeichen für einen Morgen mit Alarmstufe 1.

So ein Morgen kam immer sehr plötzlich. Und überraschend, aus heiterem Himmel und unerwartet dazu. Dabei hätte Anton sich gern auf solche Tage vorbereitet und sie im Kalender angekreuzt. Wenn er denn nur gewusst hätte, wann es mal wieder so weit war! Aber Anton konnte es nur vermuten. Alarmstufe 1 trat ein, wenn *er* mal wieder VIEL und *Mama* KEINE Zeit hatte.

Je mehr Zeit *er* sich für etwas nahm, desto weniger hatte *sie*. War das nicht wirklich seltsam? Denn eigentlich müsste man Zeit doch zusammenrechnen können, so wie Murmeln, dachte Anton. Er zum Beispiel hatte sechs Murmeln, und seine Freundin Marie hatte drei. Machte zusammen neun Murmeln.

War ganz einfach. Das hatte er sogar schon rechnen können, bevor er im Sommer in die Schule gekommen war.

Aber warum war das mit der Zeit nicht auch so?

Mama wollte zum Beispiel, dass Anton morgens vor der Schule ordentlich *und* langsam aß. Er sollte sich richtig hinsetzen, sein Brot nicht hinunterschlingen und alles erst runterschlucken, bevor er sprach. Wenn er also *genau* das tat, was Mama wollte (und das waren immerhin *fünf* Dinge), und zusätzlich *eine* einzige, klitzekleine Sache tat, die *er* wollte (nämlich sein Butterbrot so zurechtknabbern, dass es die Form eines Hasen hatte) – dann dauerte sein Frühstück eben so lange wie ein halber kräftiger Regenschauer im April.

Mama machte morgens viele Dinge, die *sie* wollte, und brauchte dafür auch viel länger als Anton. Sie nahm sich morgens zum Beispiel wirklich *immer* Zeit, um aufzustehen. Dann wusch sie sich und zog sich an. Sie kontrollierte Antons Schultasche, räumte die Küche auf, machte die Betten, packte Altglas oder Altpapier ein und trank eine Tasse Kaffee im Stehen. Das waren ACHT Sachen. Mindestens.

> Das war nicht lang, aber auch nicht kurz. So mittellang eben.

Und alles in allem dauerte das sogar länger als ein *ganzer* kräftiger Regenschauer im April. Nach Antons Murmelrechnung hätten er und Mama also zusammen so viel Zeit haben müssen, wie es dauert, bis im April bei Regen die Gullys überlaufen. Hatten sie aber nicht. Sagte zumindest Mama.

Denn die stellte wieder ihre blöde Lieblingsfrage, während sie erst auf Antons Hasenbrot und dann auf die Uhr blickte: »Himmel, wo ist nur wieder die Zeit geblieben?« Dann zog sie die linke Augenbraue hoch, atmete tief ein und wieder aus, strich Anton über den Kopf und rief ihm aus dem Flur zu: »Hopp, hopp, Anton-Hase, hast du schon mal auf die Uhr gesehen? Bitte beeile dich, wir müssen lo-hos!«

Anton hatte natürlich *nicht* auf die Uhr gesehen. Warum auch? Er konnte sie ja nicht lesen. Außerdem *wollte* er sie nicht lesen. Er fand Uhrenlesen blöd. Und Mama fand es blöd, dass er es blöd fand. Blöd, blöd, blöd.

An Tagen wie diesen aß Anton dann schweren Herzens schnell sein Hasenbrot auf. Allerdings nie, ohne dem Hasen zuerst mit einem Extrahapps die Ohren abzubeißen.

Dann trank er seinen letzten Schluck Kakao und zog sich seine Schleifenschuhe und seine Jacke an. Wenn er Mama im Flur begegnete, hatte die zum Glück schon wieder ihre linke Augenbraue heruntergelassen, alle ihre Taschen auf den Schultern verteilt und wartete mit dem Schlüssel klimpernd an der Wohnungstür.

So viel Zeit musste sein!

Anton zog die Tür leise hinter sich zu und folgte Mama durchs Treppenhaus. Schweigend. Bis in den zweiten Stock hinunter. Dann machte meist einer von beiden einen Witz oder stimmte ein Lied an. Und alles war wieder gut. So gut wie Mamas Gesichtsausdruck, wenn sie ihm dann erst mit dem rechten und dann mit dem linken Auge zuzwinkerte. Das sah schon echt komisch aus. Also komisch im Sinne von lustig. Und ein bisschen blöd. Aber das sagte Anton ihr nie. Er wusste ja, was sich gehörte.

Und das gehörte nicht dazu.

# ALARMSTUFE 2

Dieses Kapitel hat 594 Wörter. Es zu lesen, dauert in etwa so lange, wie heimlich zwei Stücke von der Schokotorte in dich reinzustopfen, die eigentlich dein Papa zum Geburtstag kriegen soll.

Anton hatte nie die Absicht, Alarmstufen auszulösen. Weder Alarmstufe 1 noch 2. Und doch passierte es (wenn auch ganz selten), dass aus einem normalen Morgen ein Morgen mit Alarmstufe 2 wurde. Total überraschend, überrumpelnd und überfallend.

Alarmstufe 2 setzte ausgerechnet dann ein, wenn Anton sich wirklich *komplett* an Mamas Anweisungen hielt. Und das war wirklich sehr ungerecht, fand er.

Bevor Anton an so einem Morgen ordentlich und langsam seinen Frühstückshasentoast aß, hatte er sich auch schon besonders ordentlich und gründlich gewaschen. Und dafür hatte er eine ganz besondere Taktik: Er vermischte die flüssige Seife mit ein wenig Wasser zwischen seinen Händen und rubbelte sie so lange hin und her, bis ganz viel klebriger Schaum entstanden war. Den verteilte er vorsichtig auf seinem ganzen Körper, bis er aussah

wie ein Schneemann. Nur eine kleine Stelle am Rücken blieb
immer frei. An die kam er einfach nicht ran. Egal, wie arg er
auch die Arme verdrehte.

Dann wartete er, bis der Schaum ein wenig angetrocknet war, und zählte in der Zwischenzeit Mamas Shampooflaschen, Cremedosen, Lippenstifte und Malpinsel.

Insgesamt waren es 27 Stück.

Anschließend wusch er sich mit einem Waschlappen den Schaum wieder ab, rubbelte sich trocken und zog sich an.

Das Ganze dauerte ungefähr so lange, wie eine große Spinne braucht, um ein kleines Netz zu spinnen. Also eines, mit dem sie vielleicht nur einen Nachmittagssnack fangen will. Es dauerte also nicht wirklich kurz, aber auch nicht gerade ewig, fand Anton. Und schließlich tat er ja auch nur *das*, was Mama wollte.

Nach dem Waschen setzte Anton sich an den Frühstückstisch und begann, sein Hasenbrot zu knabbern. Bis Mama kam. Was DIE in der Zwischenzeit gemacht hatte, wusste er nicht. Aber wahrscheinlich waren es wieder nur Sachen, die SIE wollte: aufräumen, Rechnungen bezahlen, die Waschmaschine anstellen … typische Mama-Sachen eben.

Mama sah erst Anton, dann den Toasthasen und schließlich die Uhr an. Dann sah sie alles rund, denn sie rollte mit den Augen. So doll, dass Anton glaubte, es hören zu können.

Ein ganz leises und hohl klingendes Rauschen war es, das Mamas Augenrollen begleitete. Wie eine Murmel, die durch eine Papprolle kullert. Nur viel leiser.

Anton konnte es immer nur ganz kurz hören, denn nach dem Augenrollen seufzte Mama tief, und dann brummte und grunzte sie ein bisschen, bevor sie ein wenig lauter als sonst sagte: »Anton, guck mal auf die Uhr!«

Mehr sagte sie nicht. Anton guckte dann auf die Uhr.

Wie spät es war, wusste er immer noch nicht. Und das wusste Mama doch. Also warum sollte er dann auf die Uhr gucken? Anton verstand Mama nicht – den Ernst der Lage allerdings schon. Er flitzte in den Flur, schlüpfte in die schnellen Schuhe mit den Klettverschlüssen und schnappte sich seine Jacke,

Und die sah aus wie immer: rund, gelb, mit zwei Zeigern und zwölf Zahlen.

bevor die Wohnungstür nicht ganz so leise wie sonst ins Schloss fiel. Dann rauschte Anton an der Hand von Mama die 84 Stufen hinunter, ohne einen Witz, eine Geschichte oder ein Lied. Den ganzen Weg runter bis ins Erdgeschoss. Dabei musste er aufpassen, dass ihn keine von Mamas Taschen traf, die ihr auf dem Weg nach unten hinterherflogen.

Mama schwieg von oben bis unten, was auch kein Wunder war, denn sie presste ihre Lippen ganz fest und schmal zusammen. So schmal, dass sie fast wie abgerollte Lakritzschnecken aussahen. Dadurch verschmierte ihr Lippenstift etwas, was schon sehr komisch im Sinne von ein bisschen bescheuert aussah, und Anton hätte am liebsten laut losgelacht. Tat er aber nicht, denn er wusste ja, was sich gehörte.

Und das gehörte nicht dazu.

# ALARMSTUFE 3

**3-2-1**

**super SCHOKI**

Dieses Kapitel hat 779 Wörter. Diese zu lesen, dauert so lange, wie du sonst für einen Wutanfall im Supermarkt brauchst, um den Schokoriegel an der Kasse doch noch zu bekommen.

An einem Donnerstagmorgen hatte Anton sich wieder besonders viel Mühe gegeben, all das zu machen, was Mama wollte. Im Schlafanzug aß er erst besonders ordentlich sein Hasenbrot, dann wusch er sich extra gründlich nach allen Regeln seiner besonderen Einseif-Taktik. Und weil bis dahin weder Mama noch ihre linke Augenbraue aufgetaucht waren, weil Anton bis dahin auch noch nicht das Geräusch von Mamas Augenrollen gehört hatte oder ihre Mahnung, auf die Uhr zu gucken – aus all diesen Gründen dachte Anton, dass er noch etwas Zeit hatte. Etwas Zeit, um diesen Donnerstag zu einem Farbtag werden zu lassen.

Anton liebte Farbtage. An Farbtagen zog er zum Beispiel nur grüne Sachen an, von den Socken bis zum Pullover: alles grün. Oder gelb. Oder rot. Sogar die Unterwäsche. Er entschied sich an diesem Donnerstag für einen Blau-Tag und suchte sich ein blaues T-Shirt, eine blaue Jeanshose, einen blauen Gürtel, einen blauen Pullover und blaue Unterwäsche zusammen.

Blaue Socken konnte er im Schrank nicht finden. Zumindest keine zwei von einer Sorte. Und eine andersfarbige Socke war undenkbar – dann wäre der ganze Farbtag im Eimer gewesen. Was also tun? Fieberhaft überlegte Anton, wie er das Sockenproblem lösen konnte. Dann fiel sein Blick auf die Wasserfarben. Eine Socke … *malen*! Natürlich! Und zwar direkt auf den Fuß.

Anton hielt das für eine wirklich gute Idee. Am Anfang.

Anziehen, Anmalen und Antrocknen dauerten natürlich etwas länger als normales Sockenanziehen – alles in allem circa so lange, wie es braucht, bis ein Eis anfängt, auf die Schuhe zu tropfen, wenn man es nicht schnell genug aufisst.

Aber Anton hatte ja Zeit. Dachte er zumindest. Woran er nicht dachte, war, dass es einen Morgen mit Alarmstufe 3 geben konnte. Schließlich hatte er ja noch keinen erlebt. Bis zu diesem Donnerstag.

Stolz betrachtete er seine getrocknete Wasserfarben-Socke, als die Tür seines Zimmers aufflog und gegen die Wand knallte. Dann kam Mama, die bis dahin nur durch die

Wohnung gehetzt war, um an diesem Morgen ungefähr eine Million und 243 Mama-Sachen zu machen. Als Anton erschrocken aufblickte, war Mama schon wieder weg. Er begriff schnell, dass das nicht mehr

zu Alarmstufe 2 passte, sondern dass es schlimmer war.

Viel schlimmer. Plötzlich hatte er das Gefühl, dass noch nicht mal mehr Zeit zum Beeilen war.

Er rannte in den Flur, schlüpfte in die offenen Schlappen ohne Verschluss, schnappte sich so hektisch seine Jacke vom Haken, dass der Aufhänger abriss, zog die Tür laut hinter sich zu und folgte Mama ins Treppenhaus. Auf der achten Stufe von oben hatte er sie eingeholt, und auf der 13. Stufe fing ES an.

ES war nicht das Schweigen, das er schon kannte.

ES war das genaue Gegenteil. Mama redete, wobei *reden* eigentlich nicht das richtige Wort war. Es klang eher wie eine Kassette, die man vorspulte und dabei doch hörte. Zumindest ein paar Worte davon. Der Rest war reine Ohrenmatsche. Laute Ohrenmatsche. Bis Mama und Anton zur Landung im Erdgeschoss ansetzten, konnte Anton folgende Worte verstehen:

»… nicht … pünktlich … verrückt … sauer … Stress … Himmel … Zwirn … Mist … Mist … Mist … UHR … LERNEN … keine Gummibärchen … kein Fernsehen … kein Kinder-

geburtstag … nein, wie schaffen …
Mist … hab RIESENWUT!«

Die ganze Zeit über flogen Mama winzig kleine
Spucketröpfchen aus dem Mund, der an diesem Tag ganz
ohne Lippenstift war. Das hatte Anton noch nie gesehen. Also
die Spucketröpfchen, nicht den fehlenden Lippenstift. Weder bei Mama noch bei sonst jemandem. Er versuchte, sie
zu zählen, gab aber nach neun auf. Sie wirbelten einfach
zu schnell durcheinander. Stattdessen fragte er sich, wo die
Mini-Spucketröpfchen wohl landen würden. Auf dem roten
Geländer, dem Fußboden oder auf den Schuhen, die auf den

Fußmatten vor den Nachbarwohnungstüren warteten? Anton schaute gar nicht auf seine Füße, die kaum die Treppenstufen berührten, sondern starrte beim Herunterrennen immerzu Mama an. Ihre Stirn war ganz faltig, und ihre Augen waren ganz klein, und sie sah gar nicht mehr komisch aus, sondern nur noch bescheuert. Ein bisschen wie ein Spucketröpfchen speiender Drache. Aber natürlich sagte Anton ihr das nicht, denn er fühlte sich ganz sprachlos und furchtbar und durcheinander und ängstlich.

Außerdem hatte er einen total kalten blauen linken Fuß. Die Idee mit der aufgemalten Socke stellte sich schon jetzt als mächtig blöd heraus.

Trotzdem gehörte es sich nicht, dass Mama so laut und lange mit ihm schimpfte. Fand Anton. Schließlich hatte er ja nur getan, was Mama wollte. Und zwar *alles* an *einem* Morgen. Mit jemandem schimpfen, der eigentlich alles richtig gemacht hatte. Mit jemandem nicht lachen, dem nach Weinen zumute war. Jemanden zwingen, so schnell die Treppen herunterzubrausen, der offene Schuhe anhatte – nein, all das gehörte sich einfach nicht. Aber das sagte Anton nicht.

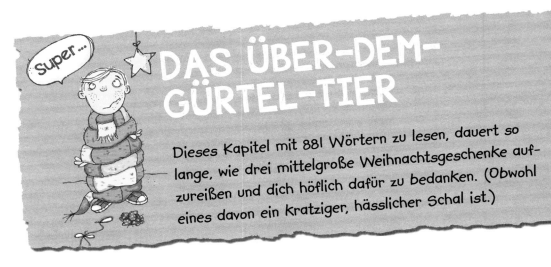

# DAS ÜBER-DEM-GÜRTEL-TIER

Dieses Kapitel mit 881 Wörtern zu lesen, dauert so lange, wie drei mittelgroße Weihnachtsgeschenke aufzureißen und dich höflich dafür zu bedanken. (Obwohl eines davon ein kratziger, hässlicher Schal ist.)

Auf der Autofahrt zur Schule hielt Mama die ganze Zeit den Mund, und Anton musste alleine auf dem Parkplatz aussteigen. Sonst stellte Mama das Auto immer ab (manchmal sogar im Halteverbot!) und brachte ihn noch bis zur Eingangstür. Aber heute war irgendwie alles anders. Heute war *alles* blöd.

Anton nahm seinen Schulranzen und ein total bescheuertes Gefühl mit in die Schule. Das war das schlechte Gewissen. Und es war mindestens genauso schwer wie sein Ranzen.

Das schlechte Gewissen saß in Antons Bauch, kurz oberhalb seiner Gürtelschnalle. Es blähte sich auf wie ein Kugelfisch und drückte seine Stacheln gegen die Bauchwand. Von innen.

Anton kannte das Über-dem-Gürtel-Tier schon länger. Es begegnete ihm immer dann, wenn etwas mächtig schiefgelaufen war. Er wusste, dass es keine Tabletten dagegen gab. Opa hatte ihm das erklärt. Und er hatte ihm auch den Tipp mit der einzig

wirksamen Medizin gegen das schlechte Gewissen gegeben: *Entschuldigung!* sagen. Und ehrlich versprechen, dass man es beim nächsten Mal bestimmt besser machen will. Das gilt fürs Zuspätkommen genauso wie für zerbrochene Vasen, zerrissene Hosen oder verlorene Butterbrotdosen. *Entschuldigung!* sagen. Und es auch so meinen. Das ist ganz wichtig, sonst beruhigen sich näm- lich weder ein verrückt gewordener Kugelfisch noch eine verrückt gewordene Mama.

Anton ging langsam vom Parkplatz zur Eingangstür der Schule, und als er sich noch einmal nach Mama umsah, war die schon weggefahren. Einfach so, ohne zu hupen oder zu winken, wie sie es sonst tat. Antons Nase kitzelte, und seine Augen begannen zu brennen. *Bloß nicht weinen, bloß nicht weinen, bloß nicht weinen* ..., dachte er, als er die Stufen zur Eingangshalle hochstieg.

»Hey, Anton! Wie geht's?«

Anton blickte auf. Direkt vor ihm stand Marie. Anton kannte sie schon seit seiner Kindergartenzeit. Ebenso wie Hannes, Karl und Michel. Gemeinsam mit seinen vier Freunden war Anton im Sommer eingeschult worden. Na ja, streng genom- men hatte er eigentlich nur dreieinhalb. Also Freunde. Denn seitdem Marie neuerdings nachmittags und sogar am Wochenende ständig irgendetwas tun, machen oder lernen musste, war sie nur noch eine halbe Freundin, fand Anton. Ständig musste sie irgendwohin: zum Klavier- und Chinesisch-Unterricht. Zum Balletttanzen. Oder zur Therapie. Wenn Marie das sagte, rollte sie mit den Augen. Wie Mama. *Tee-ra-pie*. Was, bitte schön, sollte das denn überhaupt sein? Anton mochte keinen Tee und

verstand überhaupt nicht, warum Marie einmal in der Woche irgendwohin ging, um blöden Tee zu trinken, anstatt mit ihm zu spielen. Tee trinken konnte man doch echt zu Hause. Wenn es denn *unbedingt* sein musste.

Marie war früher Antons aller-allerbeste Freundin gewesen. Nun sah er sie nach dem Hort höchstens noch alle zwei Wochen. Und dann meistens nur so lange, wie man fürs Einschlafen braucht, wenn man nicht müde ist. Anton mochte Marie wirklich sehr gerne, und so richtig böse konnte er ihr auch nicht sein. Denn Marie *wollte* ja nicht zu all diesen Terminen. Die Einzige, die das wollte, war »Mamili«, Maries Mutter. Vermutlich die schlimmste Mutter der Welt!

Das sagte selbst Marie.

Heute Morgen war Anton sich da aber nicht so sicher. Schließlich hatte seine Mama sich eben auch nicht gerade wie eine Lieblingsmama benommen. Das wollte er Marie aber nicht erzählen. »Hmmppfff!«, war deshalb alles, was er auf ihre Frage antwortete.

»Ist *Hmmppfff* gut oder schlecht?«, fragte Marie und pikte ihm mit dem Zeigefinger leicht in den Bauch. Dabei erwischte sie aus Versehen den Kugelfisch, was sowohl Anton als auch dem Kugelfisch gar nicht gefiel. Anton zuckte mit den Schultern. Er wusste nur, dass er sich schrecklich fühlte. War Alarmstufe 3 nur eingetreten, weil er nicht auf die Zeit geachtet hatte? Marie zu sehen, war schön und lenkte ihn auch ein bisschen vom Fast-weinen-Müssen ab. Aber der Kugelfisch im Bauch zwickte Anton nach wie vor, als sie nebeneinander zum Klassenzimmer gingen.

Überhaupt war das blöde Vieh den ganzen Tag nicht zu beruhigen. Nicht, als Marie auffiel, dass Anton heute einen blauen Farbtag machte. Nicht, als er sein Arbeitsblatt in der Mathestunde zurückbekam, auf das Frau Jacobson eine lachende Sonne gemalt hatte. Selbst in der Sportstunde kam bei Anton keine gute Laune auf. Er und seine Klassenkameraden sollten so lange durch die Turnhalle laufen, bis sie nicht mehr konnten – denn Frau Jacobson wollte stoppen, wie lange sie durchhielten. Dabei war es Frau Jacobson ganz gleich, wie *schnell* sie liefen – es kam nur auf die Ausdauer an. Also setzte Anton immer einen Fuß vor den anderen: rechter warmer Fuß, linker kalter Fuß, rechter warmer Fuß, linker kalter Fuß …

Anton war nun schon länger im Kreis getrottet, als es dauerte, beim Abendessen eine große Portion Erbsen so auf dem Teller zurechtzuschieben, dass sie das Kartoffelpüree wie ein Burggraben umringten.

Das regelmäßige Ticken des Sekundenzeigers auf der großen Turnhallenuhr begleitete ihn: *tick, tack, tick, tack, tick, tack.*

35

Als die laute Schulklingel durch die Turnhalle schrillte, blieb Anton erschrocken stehen. Er war allein auf dem Spielfeld. Erst jetzt fiel ihm auf, dass die anderen alle schon am Rand auf der Turnbank saßen. War die Schulstunde etwa schon um?

Anton hatte am längsten durchgehalten.

»25 Minuten, Anton. Das ist super!«, jubelte Frau Jacobson, aber Anton konnte sich darüber nicht so richtig freuen. Sein linker Fuß war selbst in diesen 25 Minuten nicht warm geworden, und das Über-dem-Gürtel-Tier hatte er auch nicht abschütteln können.

Es wurde wirklich langsam Zeit für die einzig wirksame Medizin gegen das schlechte Gewissen …

# DER ALLES-WIEDER-GUT-MOMENT

Dieses Kapitel hat 740 Wörter. Diese zu lesen, dauert so lange, wie einmal alle deine Buntstifte anzuspitzen. An beiden Enden.

Als Mama Anton am Nachmittag vom Hort abholte, ging er still und leise mit ihr zum Auto. Und dann, ganz plötzlich, platzte alles aus ihm heraus, was sich den Tag über in ihm angesammelt hatte. Ärger, Angst, Tränen und ein Menge Worte: »Mama … Entschuldigung … ich weiß auch nicht … wollte doch nur alles richtig machen … Essen, Waschen … Anziehen … es dauert eben … und dann fehlte auch noch die Socke … mein Fuß ist kalt! … Und blau! … Und der bescheuerte Kugelfisch … Mist! Mama?!«

Mama nahm Anton fest in die Arme. Ob sie ihn verstanden hatte, wusste er nicht, aber das war auch egal. Mama war warm und kuschelig. Außerdem roch sie gut. Und das, was die guten Matheaufgaben und der Turnhallen-Langlauf den ganzen Tag über nicht geschafft hatten, erledigte Mama in einem einzigen, kurzen Moment. Er dauerte nur so lange wie ein Mäusefurz, aber danach war alles besser. Mamas Umarmung verscheuchte den Kugelfisch im Handumdrehen. Sie streichelte Anton über den Kopf und sah ein bisschen so aus, als würde sie auch gleich weinen. Ihre schöne Bluse war voll mit Antons Tränen – und sogar mit ein bisschen Rotze. Das sah sie aber nicht, denn sie betrachtete seinen angemalten Fuß, von dem schon eine Menge Wasserfarbe abgeblättert war. Mama riss beide Augen und den Mund auf, als sie Antons nackten Fuß in dem offenen Schlappen entdeckte. Sie sah ihn an wie eine furchtbar erschreckte Eule.

»Für den blauen Farbtag fehlte mir heute Morgen eben eine Socke, Mama!«, erklärte Anton. »Deshalb habe ich mir eine gemalt. Allerdings wärmt die nicht so gut. Und bis die getrock-

net war, dauerte es eben so lange wie einmal Kuchenteig-
anrühren!«

Mama-Eule lächelte ein wenig und zog ihm einen der Woll-
handschuhe über den Fuß, die das ganze Jahr über im Auto
herumflogen. »Tut mir auch leid, dass ich so viel geschimpft
habe, mein Hase!«, flüsterte sie und wischte sich eine Träne
von der Wange. »Du hast alles ganz richtig gemacht, sogar ein
ganz klein wenig *zu* richtig … Deshalb ist uns heute Morgen
die Zeit davongerast!«

Anton verstand nicht, wie man etwas *zu* richtig machen
konnte. Und warum die Zeit manchmal rasen konnte, verstand
er auch nicht. Die Zeit in der Sportstunde heute war doch so
gleichmäßig getrottet wie er: *tick, tack, tick, tack, tick, tack …*
Und weshalb Mama eben ein bisschen geweint hatte, war für
Anton auch ein Rätsel.

Aber nun fuhren sie nach Hause. Ohne Kugelfisch. Dafür mit
einem Wollhandschuh über dem Fuß. Und das reichte, dass
alles wieder gut war.

Abends wusch sich Anton seine
blaue Restsocke vom Fuß. Sollte
er das nun *nur* richtig machen?

Dann würde es
bloß so lange wie
zweimal Rülpsen
dauern.

Oder sollte er die Farbe ein wenig
*zu* richtig abwaschen? Dann könnte es
natürlich sein, dass er für das Waschen und
Schrubben länger brauchen würde. Vielleicht wieder so lange,

dass er Mama mit den Augen rollen hören würde. Anton entschied sich schließlich für *nur* richtig, und so blieb auch ein winziger blauer Farbrand an seinem Fuß übrig. Was ihn allerdings unter seiner Bettdecke nicht störte, als er sich einkuschelte. Mama störte der blaue Farbrand auch nicht, denn die sah Antons Fuß gar nicht, als sie sich zu ihm auf die Bettkante setzte.

»Wie geht es deinem Kugelfisch?«, fragte Mama.

»Keine Ahnung, der ist so gut wie weg!«, antwortete Anton. Dann fragte er: »Und wie geht es deiner Riesenwut von heute Morgen?«

»Keine Ahnung, die ist ganz und gar weg!«, antwortete Mama und begann, ihm den Nacken zu kraulen.

»Anton«, sagte sie nach einer kleinen Pause. »Ich möchte dir bald noch einmal die Uhr erklären. Es wäre echt wichtig!«

Anton vergrub seinen Kopf im Kissen und tat so, als ob er ganz plötzlich eingeschlafen wäre.

Er hielt sogar die Luft an.

Mama kraulte ihn noch einen Moment weiter und gab ihm schließlich einen Gutenachtkuss auf den Hinterkopf. Sie knipste das Nachtlicht aus und schloss dann leise die Tür hinter sich.

Anton atmete aus. *Pffffft!* In seinem Kopf wirbelten die Gedanken herum wie Schneeflocken an einem windigen Wintertag. *Richtig* machen. *Zu richtig* machen. Keine Zeit haben.

Blaue Socken. Kugelfische. Uhrzeiten lernen. Wie passte das nur alles zusammen?

Anton beschloss, bald mit Opa darüber zu sprechen. Und damit er seine Fragen nicht vergaß, machte er noch einmal kurz das Licht an und kritzelte schnell etwas in sein kleines blaues Malheft, das neben ihm auf dem Nachttisch lag. Und dann, ja dann schlief er wirklich ein.

# DER BUS- UND BETTENTAG

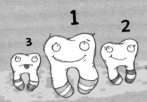

Dieses Kapitel mit 989 Wörtern zu lesen, dauert so lange, wie du beim Zahnarzt deinen Mund aufhalten musst, bis er endlich alle Zähne durchgezählt (und hoffentlich kein Loch gefunden) hat.

Am Tag nach der Alarmstufe 3 wachte Anton allein in seinem Bett auf. Der Kugelfisch war auch über Nacht nicht zurückgekommen. Es war Freitag, und weil es ein Feiertag war, Bus- und Bettentag oder so ähnlich, hatten alle Kinder schulfrei. *Freitag* eben, wie der Name schon sagte. Auch Mama durfte zu Hause bleiben, und so konnten Anton und sie zusammen und in Ruhe frühstücken. Dachte Anton. Er stieg aus seinem Bett und machte sich auf den Weg in die Küche. Keine Mama am Tisch. Und kein Frühstück auf dem Tisch. Was war denn hier los?

Leise schlich Anton zu Mamas Schlafzimmertür, die nur angelehnt war. Mama lag tatsächlich noch im Bett. Sie schlief sogar noch. Und das *um diese Uhrzeit?* Wobei Anton ja gar keine Ahnung hatte, wie spät es eigentlich war. Er schloss Mamas Zimmertür und tippelte auf Zehenspitzen zurück in die Küche. Dort betrachtete er die Wanduhr für einen Moment. Wie spät es jetzt wohl war? Der große Zeiger lag genau zwischen der Vier und der Fünf, der kleine Zeiger näherte sich der

Acht. Es war also irgendetwas zwischen vier, fünf und acht Uhr.

Konnte diese blöde Uhr sich nicht entscheiden?

War das nun *zu früh, genau richtig* oder sogar *spät*? Anton hatte keine Ahnung. Und wenn er ehrlich war, ärgerte ihn das sogar ein bisschen. Aber das würde er natürlich nicht zugeben.

Egal, auf jeden Fall war es Zeit fürs Frühstück, fand Anton. Und weil er Mama eine Freude machen wollte, beschloss er, heute einmal all das zu machen, was sie morgens sonst alles machte. Als Erstes deckte er den Tisch mit zwei Suppentellern (an die flachen kam er nicht heran) und zwei bunten Bechern, zwei Messern, zwei Löffeln, zwei Gabeln und zwei Servietten, die er sogar ordentlich zu Dreiecken faltete. Zur Dekoration holte er die große Pflanze aus dem Wohnzimmer und stellte sie mitten auf den Tisch. Und weil er allein keine Kerzen anzünden durfte, beleuchtete er den Tisch eben mit seiner Taschenlampe.

Nun brauchten sie noch etwas zu essen. Er öffnete den Kühlschrank. Wurst, Marmelade, Butter und Käse lagen in den oberen Fächern, und an die kam er nicht dran. Da er keinen Stuhl holen wollte (das würde Lärm machen und Mama aufwecken), entschied er sich, eben all das auf den Tisch zu stellen, was er zu fassen bekam: Möhren, Milch, Ketchup und kalte Nudeln im Topf. Aus der Brotkiste holte er Toast, aus den Vorratsschubladen Schoko-

> Anton war zufrieden mit dem Frühstückstisch.

ladenstreusel, gehackte Mandeln, ein Glas Apfelmus und eine Dose Leberwurst.

*Perfekt!*, dachte Anton und machte sich an eine weitere Aufgabe, die Mama sonst morgens erledigte: die Wäsche. Er holte mucksmäuschenstill einen Armvoll schmutziger Wäsche aus dem Korb im Badezimmer und wollte gerade alle Teile in die Waschmaschine stecken, als er bemerkte, dass das Bullauge verriegelt war. Er wusste nicht, wie man es öffnete, aber er wusste, wie man die Spülmaschine bediente. *Müsste auch*

*gehen*, dachte er. Ist vielleicht nicht *ganz genau* richtig, aber vielleicht noch nicht falsch. Und so steckte er die Socken in den Korb für das Besteck und verteilte die größeren Wäschestücke in den Gitterschubladen der Spülmaschine. Er bespritzte alles ein wenig mit Spülmittel und schaltete schließlich die Maschine an.

Anton war sehr zufrieden mit sich und schaute wieder auf die Küchenuhr. Sein Frühstücks-Überraschungsdienst hatte ungefähr so lange wie ein Vollbad gedauert. Also eines mit Schaum machen, Badezimmer unter Wasser setzen und hinterher alles wieder aufwischen. Wie spät war es wohl jetzt?

Der große Zeiger zeigte auf die Lücke zwischen der Zwei und der Drei, der kleine hatte gerade die Acht überholt. Die Uhr

war also immer noch unentschlossen. Im Gegensatz zu Anton. *Jetzt wird Mama geweckt!*, dachte er und schlich sich in ihr Schlafzimmer. Er kletterte ins Bett und steckte seine kalten Füße unter ihre warme Decke.

»Ampfon, bissuhhs?« Mama klang so, als hätte sie ein Paar Socken im Mund. Sie räusperte sich und tastete nach Anton, der aber mit dem Kopf am Fußende lag. »Anton, bist du's?« Jetzt konnte er Mama besser verstehen.

Mit den Zehen kitzelte er sie ein wenig.

»Mensch, Mama, hast du schon mal auf die Uhr gesehen?« Anton freute sich, dass *er* einmal diese Frage stellen konnte.

»Wieso, wie spät is es denn?«, fragte sie erschrocken.

»Kurz vor Frühstück! Ich habe schon alles gemacht, und die Wäsche läuft auch schon. Du musst dich nur noch an den Tisch setzen.«

Mama sprang so schnell aus dem Bett wie ein wild gewordenes Känguru und rannte in die Küche.

*Die hat aber Hunger*, dachte Anton und lief ihr hinterher.

Vor der Waschmaschine kniete sie sich hin. »Die habe ich nicht aufgekriegt«, sagte er. »Deshalb ist die Wäsche jetzt in der Spülmaschine.«

Mama drehte sich langsam zu Anton um. »Die Wäsche ist *WO?*«

»In der Spülmaschine«, antwortete Anton langsam. Aber eigentlich klang es wie eine Frage. Ihn beschlich ein komisches Gefühl. War das mit der Wäsche vielleicht doch FALSCH? Und gar nicht mehr RICHTIG? Nicht mal ein kleines bisschen? Ein neuer Kugelfisch meldete sich in seinem Bauch …

Mama schaute Anton an. Ihre linke Augenbraue war oben. Das war kein gutes Zeichen. Mamas Blick wanderte in Zeitlupe von Anton zu dem gedeckten Früh- stückstisch hinter ihm. Sie erhob sich langsam, ihre Augenbraue senkte sich. War das alles doch nicht so schlimm? War das etwa ein kleines Lächeln auf ihrem Gesicht?

O-oh …

»Mama?«, fragte er zaghaft.

»Ja, Anton?«, antwortete sie mit extra gespielter Strenge.

»Ähh, was ist denn jetzt?«

»Jetzt ist Zeit fürs Frühstück, Anton! Hast du dir schon die Hände gewaschen?«

Anton und Mama frühstückten an diesem Tag Toast mit Ket- chup, Apfelmus mit Schokostreuseln und Möhren mit Leber- wurst.

Sie aßen, redeten und lachten so lange und so viel, bis ihnen die Bäuche wehtaten. Zu dem Zeitpunkt stand der große Zeiger der Küchenuhr auf der Vier und der kleine Zeiger zwischen der Zehn und der Elf. Wie viel Zeit vergangen war, wusste Anton nicht. Aber er war sich sicher, dass sie noch *nie so lange und lustig* gefrühstückt hatten.

# DAS BUSFAHRENDE CHAMÄLEON

Dieses Kapitel hat 964 Wörter. Es zu lesen, dauert ungefähr so lange, wie eine Wolke Zuckerwatte zu essen und sich komplett mit süßer Schmiere einzusauen.

Nach dem wunderbar langen Bus-und-Bettentag-Frühstück bot Anton Mama an, das schmutzige Geschirr in die Waschmaschine zu räumen – die Spülmaschine war ja noch durch die Wäsche belegt. Mama lehnte dies jedoch lachend ab und schickte Anton ins Bad, da er sich nun endlich waschen und anziehen sollte.

Dazu hatte Anton aber überhaupt keine Lust. Er wollte viel lieber ausprobieren, ob er seine Gesichtsfarbe wechseln konnte. So wie Herr Kemper. Herr Kemper war der dicke, schlecht gelaunte Busfahrer, der Antons Schulklasse jeden Dienstag zum Schwimmunterricht fuhr. Anton glaubte, dass Herr Kemper gar nicht lächeln *konnte*, so sehr waren seine Mundwinkel Richtung Kinn gewachsen. Aber er mochte Herrn Kemper trotzdem, denn er hatte eben diese faszinierende Fähigkeit: Herr Kemper konnte innerhalb kürzester Zeit seine Gesichtsfarbe wechseln. Er kam jeden Dienstag ganz normal rosafarben auf dem Schulparkplatz an. Und wenn Anton und seine Klassenkameraden in seinen Bus eingestiegen waren, dann war er dunkelrot. Dafür musste er nur wütend werden, was praktisch war, denn Herr Kemper wurde jeden Dienstag wütend. Herr Kemper wurde immer wütend, wenn ihm etwas zu lange dauerte, und da ihm dienstags immer *alles* zu lange dauerte, wechselte er auch je-

den Dienstag seine Gesichtsfarbe. Immer von Rosa zu Dunkelrot. Anton hatte sich schon oft gefragt, ob Herr Kemper sich an den *anderen* Wochentagen, wenn er *andere* Schulklassen zum Schwimmen fuhr, wohl für *andere* Farben entschied. Vielleicht montags für Grün, mittwochs für Orange, donnerstags für Lila und freitags für Blau-Weiß-Gestreift.

(An den Wochenenden hatte er sicher frei.)

Anton fand, dass so ein Farbwechsel fast wie eine Art Superhelden-Fähigkeit war, und nun wollte er herausfinden, ob in ihm auch ein Superheld steckte.

Er stellte sich auf den Wäschekorb vor dem großen Bade-zimmerspiegel, holte tief Luft und bog seine Mundwinkel ganz nach unten. Stumm begann er zu zählen: *Eins, zwei … 25, 26!* Mit letzter Kraft pustete er so wütend wie möglich die ver-brauchte Luft aus seinen Lungen: »Aaaaahhhhh!«

Dann wurde es rabenschwarz vor Antons Augen, und er kippte auf den flauschigen Badezimmerteppich. Als er wieder gucken konnte, sah er Mamas besorgtes Gesicht über sich. »Anton, was wird das hier?«

»Ein Experiment! Welche Farbe hab ich, Mama?«

»Du bis etwas blass, Hase. Ein bisschen wie ein Käse«, sagte sie verdutzt.

Anton richtete sich auf und schaute in den Spiegel. Von Dunkelrot keine Spur. »Manno, manno, manno! Warum kann ich nicht wie Herr Kemper sein?«

»Der dicke, schlecht gelaunte Busfahrer, der euch immer zum Schwimmen fährt?«, fragte Mama.

Anton nickte.

»Oh, das würde ich nicht so schön finden, Anton«, meinte Mama. »Ich mag dich so, wie du bist, viel lieber.«

Aber so meinte Anton das natürlich nicht. »Nee, Mama. Ich will nur auch meine Gesichtsfarbe wechseln können. Wie ein Chamäleon. Von Rosa zu Dunkelrot. Aber ich kann wohl nur von Rosa zu Käsefarben!«

Mama lachte und nahm Anton in die Arme. Sie hatten noch

nie zusammen auf dem Badezimmerteppich gesessen, aber schlecht war es nicht. ◄

Anton legte seinen Kopf in Mamas Schoß und erzählte ihr von einem anderen Experiment, das er letztens mit Herrn Kemper gemacht hatte. Er hatte herausfinden wollen, ob der Busfahrer auch an einem *Dienstag* eine andere Farbe als Dunkelrot annehmen konnte – wenn er noch etwas länger warten musste als sonst. Anton hatte sich vor dem Bus erst noch die Schuhe besonders sorgfältig zugebunden. Und das hatte so lange gedauert, wie Marmelade auf eine Scheibe Butterbrot zu schmieren. Dann hatte er sich noch an der Nase und am Ohr gekratzt, war ganz langsam in den Bus gestiegen und hatte sich in die erste Reihe gesetzt (von wo aus er Herrn Kemper gut sehen konnte). Das hatte noch mal so lange gedauert, wie ein Muster in ein Marmeladenbrot zu ritzen und das Brot inklusive Muster aufzuessen.

Herr Kemper war bis dahin schon dunkelrot geworden. Aber Anton trödelte beim Anschnallen noch ein ganz klein wenig weiter. Was sonst gar nicht seine Art war. Wirklich nicht. Doch er wollte sehen, ob Herr Kemper, wenn es *noch* länger dauerte als sonst, blau werden konnte. Obwohl es Dienstag war.

55

»Und? Konnte er auch am Dienstag blau werden?«, fragte Mama.

Anton schüttelte den Kopf. »Nö! Nach Dunkeldunkelrot war Schluss. Und die schlechte Laune blieb auch!«

Mama lachte wieder.

»Aber *du* hast heute gar keine schlechte Laune, Mama.«

»Das klingt ja, als wäre ich sonst *nie* gut gelaunt! Ist das so?«, fragte Mama überrascht.

Anton wusste nicht, ob seine Antwort sich gehörte, aber er riskierte es: »Ja, Mama. Du hast echt oft schlechte Laune. Und genauso oft hast du keine Zeit. Genau wie Herr Kemper!« Er dachte kurz nach. »Hast du etwa schlechte Laune, weil du keine Zeit hast? Oder hast du keine Zeit, weil du schlechte Laune hast?«

Anton wartete sieben Herzschläge lang auf eine Antwort.

»Darüber muss ich nachdenken, Hase. Morgen. Denn *jetzt* machen wir eine Kissenschlacht!«, rief Mama. Sie sprang auf und rannte ins Schlafzimmer. Und als Anton kurze Zeit später durch die Tür kam, traf ihn gleich das erste Kissen mitten ins Gesicht. Und es sollten noch viele Kissen folgen.

Bis zum Abend dieses herrlichen Bus- und Bettentages zog Anton seinen Schlafanzug nicht mehr aus. Mama und er hatten in den Nachmittagsstunden noch Karten gespielt, Hörspiele gehört, gepuzzelt, abends Pizza bestellt – und den ganzen

Tag lang nicht auf die Uhr gesehen. Als Anton dann schließlich im Bett lag, kreisten seine Gedanken immer wieder um
die gleichen Fragen: Ob Menschen, die wenig Zeit hatten,
immer schlechte Laune bekamen? Oder hatten die, die immer schlechte Laune hatten, besonders wenig Zeit? Hatte man
mehr Zeit, wenn man gute Laune hatte, oder hatte man gute
Laune, weil man mehr Zeit hatte? Wenn Mama ihm das alles
nicht beantworten konnte, würde er Opa fragen, wenn er ihn
das nächste Mal sah, dachte Anton. Er machte sich eine weitere
Notiz in sein kleines blaues Malheft.

Dann schlief er
gut gelaunt ein.

# EIN MAMMUT NAMENS GISELA

Dieses Kapitel hat 1148 Wörter. Es zu lesen, dauert fast so lange, wie im nächsten Teich einen Frosch zu fangen und ihn in Giselas Handtasche zu verstecken.

Drei Tage nach dem Bus- und Bettenfreitag hatte Anton endlich wieder Schule. *Drei* Tage ohne seine Freunde waren eine ganz schön lange Zeit. Eine *zu* lange Zeit, fand er. Gut, auf die Schule selbst freute Anton sich gar nicht *so* sehr. (Auch wenn es gar nicht so furchtbar schlimm war, zur Schule zu gehen.) Aber besser als die Schule selbst waren die Stunden *nach* der Schule. Anton ging zusammen mit seinen Freunden Hannes, Karl, Michel und Marie in den Hort. Alle fünf fanden das super, denn so hatten sie, fast wie die Jahre zuvor im Kindergarten, Zeit zum Spielen, zum Buddeln, zum Toben, zum Bauen und zum Sich-Sachen-Ausdenken. Marie wurde von Mamili zwar oft früher als die anderen abgeholt, weil sie immer zu irgendwelchen Terminen musste. Aber immerhin verbrachte sie an den meisten Tagen wenigstens ein bisschen Nachmittagszeit mit den anderen. Wenn es nach Anton und seinen Freunden ging, hätten sie jeden Tag ganz viel Zeit gehabt, für den Rest ihres Lebens. Aber es ging nicht nach ihnen. Denn es ging nach Gisela.

Gisela war ihre Hortbetreuerin. Allerdings keine besonders tolle, fand Anton. Denn Gisela hatte niemals Zeit. Zumindest nicht zum Spielen, Basteln, Toben, Singen und zu all den anderen Dingen, die man am Nachmittag eben gern machte.

Gisela

Gisela liebte das Aufräumen, Umräumen und Saubermachen. (Darin, das musste selbst Anton zugeben, war sie sogar ziemlich gut.) Um möglichst viel Zeit zum Aufräumen, Umräumen und Saubermachen der Horträume zu haben, sparte Gisela Zeit, wo sie nur konnte. Dafür machte sie ständig mehrere Dinge gleichzeitig. Wenn sie nicht gerade hektisch auf ihre Armbanduhr guckte. Beim gemeinsamen Mittagessen der Hortkinder übte sie zum Beispiel Rechnen. Sie verteilte die Nudeln auf den Tellern und fragte dabei: »Wie viel ist zwei mal vier?«, »Was macht fünf plus fünf?« oder »Wer weiß, wie viel drei mal zwei ist?«.

Im Anschluss an das Essen, wenn alle die Zähne putzen sollten, übte sie Deutsch mit ihnen. Anton und seine Freunde sollten dann Wörter wie *Baum*, *Ball* oder *Haus* buchstabieren – selbst wenn sie gerade eine Zahnbürste im Mund hatten.

Wenn Gisela schließlich genug Zeit gespart hatte, widmete sie sich ihrer Lieblingsbeschäftigung: dem AUFRÄUMEN! Und

alle sollten mithelfen. Dann hieß es Spielsachen ordnen, Jacken aufhängen oder Gummistiefel nach Farben sortieren. Bei Gisela musste immer alles ganz ordentlich sein, sonst war sie nicht glücklich.

»Gisela hat einen Ordnungsfummel! Die fällt vor Schreck um, wenn man zwei Puzzlespiele miteinander auf dem Boden vermischt!«, hatte Hannes mal gesagt. Er wusste das von seinem älteren Bruder Hauke, der auch mal bei Gisela in der Hortgruppe war und jetzt schon in die fünfte Klasse ging.

»Was ist ein Fummel?«, fragte Karl.

Hannes erklärte es ihm, während er sich mit dem Finger an die Stirn tippte: »Ein Fummel ist, wenn man da oben einen Vogel locker hat. Verstehst du, Karl?«

Karl nickte langsam und gab sich mit der Erklärung zufrieden. Aber verstanden hatte er es wohl nicht. Doch das sollte sich bald ändern.

Anton, Hannes, Karl, Michel und Marie hatten sich eine Höhle aus Besenstielen und Decken gebaut und Neandertaler gespielt. Sie hatten sich sogar aus Wolle und Watte

Perücken und Bärte angeklebt. Gemeinsam hatten sie Fallen aus Schuhkartons gebastelt, die Wände ihrer Höhle mit tollen Höhlenmalereien verziert und wilde Tiere gejagt. Besonders stolz waren sie auf das Feuer, das in ihrer Höhle brannte. (Es bestand aus der goldenen Knisterfolie aus dem Erste-Hilfe-Kasten.) Als sie sich in ihre Höhle zurückgezogen hatten, um die gefangenen Stofftiere zu essen, hörten sie Giselas Stimme: »Kinder, bitte das Spiel beenden, jetzt wollen wir alle gemeinsam aufräumen! Heute ist die Bastelecke dran!«

Die Bastelecke aufzuräumen, war noch schlimmer, als Gummistiefel nach Farben zu sortieren, fand Anton. Man musste das Malpapier fein säuberlich in eine Box legen, die Pappstückchen nach Größen sortieren, die Klebeflaschen sollte man in einer Reihe aufstellen und alle Buntstifte anspitzen.

All das machte keinen Spaß. Weder den kleinen Höhlenmenschen noch den anderen Kindern im Hort. Deshalb überhörten Anton und seine Freunde einfach Giselas ersten Aufruf und spielten weiter. Beim zweiten Rufen ersetzte Giselas Stimme perfekt das Tröten eines wütenden Mammuts, und sie sicherten den Höhleneingang mit einem Felsbrocken. Wenigstens den Wollhasen wollten sie noch in Ruhe braten.

Sicher war sicher.

Als Gisela mit schriller Stimme zum dritten Mal rief, platzte Hannes allerdings der Kragen. Er schnappte sich das Feuer und stapfte wütend in die Bastelecke zu Gisela. Dann baute er sich

vor Gisela auf und brüllte selbst wie ein wild gewordenes Tier: »Nein, Gisela, du Mammut, wir haben keine Angst vor dir! Und räum doch alleine auf! Wir haben schon was zu tun! Wir müssen jetzt einen Hasen essen, klaro?« Dabei fuchtelte er mit der Feuer-Knisterfolie vor Giselas Gesicht herum und stieß dabei aus Versehen mehrere kleine Kisten um, die Gisela schon sortiert hatte. Es gab ein lautes Scheppern, und dann hatten sich die Filzstifte mit den Buntstiften, den Wachsmalern und den Pinseln auf dem Fußboden zu einem ordent-

lichen Durcheinander vermischt. Hannes' Schimpferei dauerte nicht einmal so lange wie das Aufpumpen eines Fahrradreifens. Die Folgen allerdings dauerten so lang wie

eine Fahrradtour, die lange bergauf führt.

Gisela schaute auf den Fußboden. Hannes auch.

Dann schaute Hannes Gisela an. Und die Freunde sahen
aus ihrer Höhle, wie Gisela Hannes anschaute. Der sah noch
mal auf den Fußboden und dann zu seinen Freunden. Gisela
schaute dann gar nicht mehr. Ihre Augen verdrehten sich nämlich, und dann sah man nur noch das Weiße darin. Sie fiel erst
in Ohnmacht und dann vom Stuhl. Oder umgekehrt, Anton
konnte es aus der Höhle nicht genau sehen. Zum Glück hatte
sie nur auf einem kleinen Kinderstuhl gesessen, und so war
der Weg auf den Boden nicht so weit.

»Fällt man öfter vom Stuhl, wenn man einen Vogel locker

hat?«, fragte Karl aus der Höhle heraus und machte sich als Erster auf den Weg zu Gisela und Hannes. Die anderen folgten ihm. Hannes stupste Gisela ganz vorsichtig mit dem Fuß an. Aber Gisela regte sich nicht. Was für Gisela sehr ungewöhnlich war.

»Sollen wir erst die Bastelecke aufräumen, bevor wir ihr einen Eimer Wasser über den Kopf gießen, oder umgekehrt?«, fragte Michel in die Runde.

»Warum sollten wir ihr Wasser über den Kopf gießen?«, fragte Anton.

»Bei dem Hund meines Onkels hat das auch geholfen, als der das Kaninchen des Nachbarn nicht mehr loslassen wollte. Einmal Wasser übern Kopf, und dann hat der sein Maul aufgemacht. Das Kaninchen war dann allerdings tot.«

»Aber Gisela hat doch gar nichts im Mund!«, meinte Karl, und auch Marie war mit der Wasser-Lösung nicht einverstanden. »Wir sollten lieber Hilfe holen. Und Gisela zudecken«, beschloss sie stattdessen. »Das ist ganz wichtig bei Unfallopfern.«

»Das war kein *Unfall*, sondern der *Fummel*!«, mischte sich Hannes ein, doch Marie hörte schon nicht mehr zu. Sie lief schnurstracks nach nebenan, um eine andere Hortbetreuerin zu holen. Hannes entknisterte währenddessen das Feuer und deckte Gisela dann doch noch zu. Zur Sicherheit. Man wusste ja nie, was so ein Ordnungsfummel mit seinen Opfern machte …

# DAS MAMMUT WACHT AUF

Dieses Kapitel hat 840 Wörter. Diese zu lesen, dauert so lang, wie 15 einzelne Spaghetti zu einer Super-Nudel zu verknoten.

Kurze Zeit später kam Marie mit Marianne zurück. Marianne lächelte. Sie war die netteste Betreuerin und nannte alle Kinder immer nur »Schatz«. Bestimmt würde sie wegen Gisela nicht schimpfen. Schließlich konnte ja keiner was dafür – bis auf Gisela. Trotzdem spürte Anton einen kleinen Kugelfisch im Bauch. Irgendwas war hier mächtig schiefgelaufen.

Marianne schaute fragend herum. Anscheinend hatte sie Gisela noch gar nicht gesehen, denn die lag ja komplett unter der Knisterfolie. Hannes hatte es dann doch wirklich gut gemeint. Wahrscheinlich hatte auch er mit einem kleinen Kugelfisch zu kämpfen.

»Ihr Schätzchen, macht ihr einen Scherz? Wo ist sie denn, die Gisela?«, rief Marianne in die Runde.

Hannes deutete auf den goldenen Knisterfolienberg. »Wir halten sie hier warm!«, meinte er. Marianne kniete sich langsam neben die verpackte Gisela und hob die Folie ein Stück hoch. Gisela hatte die Augen geschlossen und sah überraschenderweise ganz friedlich aus. Marianne hielt ihr Ohr an Giselas Mund. Dann fühlte sie ihren Herzschlag. Allerdings am Handgelenk. Anton musste an das tote Kaninchen der Nachbarin von Michels Onkel denken. *Oje. Ojeojeoje.*

»Kein Problem, ihr Schätzchen, Gisela lebt noch«, beruhigte Marianne sie. »Ich werde mal versuchen, sie aufzuwecken. Sie fällt halt manchmal in Ohnmacht, das kenne ich schon!«

Vielleicht sollten sie jetzt doch den Eimer Wasser holen?

»Du, Marianne, kannst du vielleicht mit dem Aufwecken warten, bis ich abgeholt werde?«, fragte Hannes vorsichtig.

Marianne lachte. »Nein, Schatz, das geht leider nicht. Aber du musst keine Angst haben, du bekommst keinen Ärger. Du hast sie doch mit der Folie zugedeckt, oder?« Hannes nickte langsam. Und ein wenig stolz. »Das hast du sehr, sehr gut gemacht, Schatz. Das habt ihr alle sehr, sehr gut gemacht, ihr Schätzchen!«

Marianne lächelte Anton und die anderen Höhlenmenschen freundlich an, und in diesem Moment war sie wirklich die allerallerbeste Betreuerin der Welt. Freundlich, lieb, nett und … *jetzt DAS?* Marianne schlug Gisela ins Gesicht.

Erst rechts zweimal, dann links zweimal.
*Patsch, patsch. Patsch, patsch.*

Das hatte selbst Gisela nicht verdient.

Anton klappte vor Schreck der

Unterkiefer runter, Marie riss die

Augen auf, Michel hielt sich die Augen zu, und Karl fielen ein paar Stifte aus der Hand, die er schon mal aufgesammelt hatte.

Und Hannes, ja, Hannes grinste. »Darf ich auch mal?«, fragte er und beugte sich zu Gisela herunter.

Marianne lachte wieder. »Nein, Schatz, das darfst du nicht! Aber du kannst dir von Gisela ein Dankeschön abholen. Schau mal, sie wacht wieder auf.«

Giselas Augen öffneten sich tatsächlich ganz langsam. Das Erste, was sie sah, war Hannes. Hannes schaute Gisela an und Gisela Hannes. Anton und seine Freunde schauten Gisela an, wie sie Hannes an-schaute. Dann schaute Hannes zu Mari-anne, die das verwunderte Schweigen beendete: »Gisela, du machst Sachen, puh! Du hast deinen Schätzchen ei-nen ganz schönen Schreck einge-jagt. Aber zum Glück hat dieser kleine Schatz mich geholt, und dieser kleine Schatz hat Erste Hilfe mit der Wärmedecke geleistet. Ich denke, da ist jetzt mal Zeit für ein dickes Eis, hm?«

»Aber erst wird die Bastelecke aufgeräumt«, sagte Gisela. »Habt ihr schon mal auf die Uhr geschaut? Wir sind spät dran!« Sie stand auf, als sei nichts gewesen.

Natürlich halfen Anton und seine Freunde Gisela beim Aufräumen. Obwohl sie ja nichts für den Fummel-Vorfall konnten, hatten sie trotzdem alle irgendwie ein schlechtes Gewissen.

Und ein Eis, na ja, das wollten sie natürlich auch.

Abends erzählte Anton Mama die Gisela-Geschichte in allen Einzelheiten. Sie saß bei ihm am Bett, hörte aufmerksam zu und musste an der Stelle, als Marianne Gisela die Ohrfeigen gab, fürchterlich lachen. Obwohl sich das ja eigentlich nicht gehörte.

»Hase, das habt ihr super gemacht!«, lobte Mama ihn, und Anton hätte noch ewig so weitererzählen können. Doch Mama hatte nun keine Zeit mehr, nachdem sie mal wieder auf ihre Uhr geschaut hatte. Der große Zeiger war auf der Zwei, der kleine kurz hinter der Acht. Anton überlegte. War es jetzt zwei nach acht?

»Himmel, wo ist nur schon wieder die Zeit geblieben?« Mama sprang von der Bettkante auf. Sie musste noch die Wohnung aufräumen. Und eine Maschine Wäsche laufen lassen. Und, und, und … Mama war ein bisschen wie Gisela, dachte

Anton. Sie machte eigentlich ständig zwei Dinge gleichzeitig: Telefonieren *und* Essen kochen. Wäsche bügeln *und* fernsehen. Diät machen *und* mies gelaunt sein.

Anton fand das ungerecht. *Er* sollte immer nur *eine* Sache machen: Joghurt essen *oder* Zähne putzen. Haare kämmen *oder* Honigbrot schmieren. Aufzug fahren *oder* pupsen.

Manchmal, wenn Mama überhaupt gar keine Zeit hatte, wurden aus zwei Dingen sogar drei oder vier: Telefonieren *und* Spülmaschine ausräumen *und* miese Laune haben. Oder Diät machen *und* Auto fahren *und* andere Autofahrer anschimpfen *und* sich verfahren. Oder einkaufen *und* telefonieren *und* Schokomüsli vergessen *und* abgeschleppt werden. Ob wohl alle Erwachsenen einen Ordnungsfummel hatten und immer alles gleichzeitig machen mussten? Wenn ja, wollte Anton nie, nie, nie erwachsen werden.

Auch diesen Gedanken kritzelte er in sein kleines blaues Malbuch. Er musste mit Opa darüber sprechen. Und zwar bald!
Und dann tat er etwas, das er eigentlich nicht tun sollte. Anton
machte zwei Sachen gleichzeitig: Er schaltete sein Licht aus
und schlief augenblicklich ein.

# TOTES TIER AM MORGEN ...

Dieses Kapitel mit 902 Wörtern zu lesen, dauert ungefähr halb so lange, wie einmal die Küche zu fegen, weil du nachzählen wolltest, wie viele Reiskörner eigentlich in der Dose sind.

Mama. Herr Kemper. Gisela. Und alle anderen Erwachsenen, die Anton kannte. Alle hatten wenig oder gar keine Zeit, schauten dafür aber immer auf die Uhr. Anton fand das seltsam. Er hatte Zeit. Und seine Freunde auch. Und keiner von ihnen sah auf die Uhr. Zumindest fast nie. Sie sahen sich eher nach dem nächsten Abenteuer um.

Und so kam es auch, dass Anton und Marie ein paar Tage nach dem Fummel-Vorfall morgens vor dem Unterricht ein neues Abenteuer auf dem Schulhof entdeckten: ein totes Eichhörnchen. Es lag auf dem Rücken unter der großen Eiche und starrte in den Himmel. Sie dachten erst, dass es sich ausruhen würde oder darüber nachdachte, wo es wohl seine Nüsse versteckt hatte. Aber als es auch nach ein paar Minuten nicht *ein Mal* geblinzelt hatte, sagte Marie: »Das Eichhörnchen ist mausetot.«

Sie beschlossen, auf der Stelle ein würdiges Begräbnis zu organisieren, und luden gleich Hannes, Karl und Michel dazu ein, die gerade auf den Schulhof kamen. »Psst, Leute, kommt mal schnell her!«, rief Marie den Jungs entgegen und zeigte ihnen das Eichhörnchen. »Wir müssen zu einer Beerdigung. Weil das Hörnchen sonst nicht in den Himmel kommt!«, erklärte sie weiter. Marie war als Einzige schon einmal auf einer echten Menschen-Beerdigung gewesen. Ihre Oma war abends eingeschlafen und morgens tot.

Die Freunde fragten sich, wie wohl das Eichhörnchen gestorben war. Karl glaubte, dass es beim Schlafen vom Baum gefallen war. Michel befragte Marie dazu: »Ist deine Oma tot, weil sie aus dem Bett gefallen ist?« Marie wusste es nicht.

»Quatsch, ich bin auch schon mal beim Schlafen aus dem Bett gefallen und war morgens nicht tot!«, meinte Hannes. Das Eichhörnchen musste also an etwas anderem gestorben sein. *Blitztreffer, Herzstillstand, vergiftete Nüsse* und *böser Schnupfen* wurden vorgeschlagen und wieder verworfen. Michel schlug noch *Krabbe* vor, womit aber niemand etwas anfangen konnte.

»Hier ist doch weit und breit kein Meer, und warum sollte eine Krabbe ein Eichhörnchen töten?«, fragte Karl.

Doch Michel meinte gar nicht das Tier. »Es gibt doch diese Krankheit, die heißt so. Oder so ähnlich. Zumindest wie ein Meerestier mit Scheren. Mein Onkel hatte die.«

»Lebte der am Meer?«, fragte Karl, was Michel tatsächlich bestätigte.

»Siehste!«, meinte Karl, und Michel meinte nichts mehr.
*Krabbe* konnte es also nicht gewesen sein. Das Eichhörnchen
war tot. Punkt. Aus. Ende. Und mit der Todesursache *zu alt*, die
Karl schließlich vorschlug, konnten alle gut leben.

»Die Beerdigung findet *vor* dem Mittagessen statt«, beschloss Marie. »Mamili holt mich heute leider mal wieder früher ab. Bis dahin gräbt Karl das Loch, Hannes organisiert den Sarg, Anton hält die Trauerrede, und Michel sorgt für den Grabstein und ein paar Blumen. Ich übernehme das Weinen.« Marie hatte wirklich an alles gedacht, und bevor auch nur einer der Freunde etwas einwenden konnte, wurden sie durch ein lautes *Rrrrrrinnnggg* daran erinnert, warum sie eigentlich hier waren.

Marie verstaute das tote Eichhörnchen vorsichtig in der rechten Seitentasche ihres Kleides, bevor sie gemeinsam zu ihrem Klassenraum gingen. Vor den Freunden lagen vier unendlich lange Schulstunden und eine Menge Vorbereitungen.

Ach ja, sie mussten ja in die Schule!

In der Mathestunde erklärte Frau Jacobson, wie man größere Zahlen zerlegt: »Eine Zehn besteht aus einer Drei und einer Sieben. Oder aus einer Zwei und einer Acht. Oder aus einer Sechs und einer Vier. Oder …«

Anton fand das alles sterbenslangweilig und rutschte unruhig auf seinem Stuhl herum. *Himmel, ich muss gleich die erste Grabrede meines Lebens halten, da kann ich hier nicht Zahlen zerhacken!*, dachte er wütend und schaute angestrengt aus dem Fenster.

Nach einer gefühlten Ewigkeit riss ihn ein erneutes *Rrrringgg* aus seinen Gedanken. Eine Pause, so kurz wie einmal kräftig Naseputzen, folgte, bevor der Deutschunterricht begann. Frau

Jacobson gab immer ein Wort vor, zu dem die Kinder passende Reime finden sollten: *Haus – Maus, Baum – Schaum, Berg – Zwerg, Hund – Mund …*

»Anton?« Anton erschrak. Er hatte in Gedanken weiter über seine Rede nachgedacht und gar nicht mitbekommen, dass Frau Jacobson direkt vor ihm stand und ihn zum wiederholten Male ansprach. Alle Kinder aus der Klasse starrten ihn an. »Anton, geht es dir gut?«

»Jaja, klar …«, stammelte er. »Alles okay.«

»Gut.« Frau Jacobson nickte. »Fällt dir ein Reim auf *Boot* ein?«

»Tot?«, antwortete Anton wie aus der Pistole geschossen. Frau Jacobson brauchte dieses Mal etwas länger, bis sie nickte. Hannes grinste Anton an und streckte seinen Daumen hoch.

In der folgenden großen Pause hatten die Freunde jeder für sich zu tun. Karl grub hinter der Turnhalle ein Loch, Anton formulierte weiter aufgeregt an seiner Rede, Michel pflückte Blumen, und Marie ging bedächtig über den Schulhof und übte ein trauriges Gesicht. (Das Eichhörnchen trug sie die ganze Zeit in der Tasche ihres Kleides mit sich herum.) Nur Hannes war mit nichts anderem beschäftigt, als seine drei Butterbrote herunterzuschlingen.

*Gut gemacht, Kumpel!*

Als der kleine Zeiger auf der Zehn und der große auf der Zwölf stand und es wieder klingelte, begannen die besten Unterrichtsstunden der Woche: Kunst!

Alle Kinder malten, schnitten, klebten, kritzelten und falteten, was die Malblöcke hergaben. Es machte so viel Spaß, dass Anton sogar vergaß, weiter über die Beerdigung des Eichhörnchens nachzudenken. Er hatte gerade mit seinem dritten Wasserfarbenbild begonnen, da klingelte es erneut. Anton verstand die Welt nicht mehr. Die blöden Mathe- und Deutschstunden hatten sich endlos wie Kaugummi hingezogen, die Kunststunden hingegen waren so schnell wie ein Rennwagen vorbeigerast. Anton fand das sehr merkwürdig, kam aber nicht dazu, weiter darüber nachzudenken.

Denn nun musste er zu einer Beerdigung.

# DIE EICHHÖRNCHEN-
# BEERDIGUNG

Dieses Kapitel hat 939 Wörter. Diese zu lesen, dauert so lange, wie du sonst brauchst, um eine mittelgroße Pfütze leer zu hüpfen.

Die Freunde versammelten sich hinter der Turnhalle am offenen Grab. Karl hatte in der großen Pause ganze Arbeit geleistet: Das Loch, das er ausgehoben hatte, war *wirklich* groß. Hier hätte selbst ein mittelgroßes Wildschwein Platz gefunden. Marie hakte das Grab auf ihrer Liste ab, die sie heimlich im Unterricht erstellt hatte. »Gut, das Grab hätten wir also. Grabstein und Blumen?«

Michel holte aus seinem Ranzen zwei Hände voll Blüten und einen Backstein, den er in der großen Pause unbemerkt aus der bröckeligen Schulhofmauer herausgelöst hatte. Er hatte ihn sogar heimlich auf dem Schulklo beschriftet.

Marie machte einen weiteren Haken. »Gut. Hannes, hast du den Sarg?«

Hannes grinste. »Klaro. Den besten überhaupt!« Er kramte in seinem Ranzen und holte – *tataa* – seine

leere Butterbrotdose heraus. »Meine Mama sagt immer, dass darin alles schön frisch bleibt. Allerdings brauch ich die bald wieder. Sonst macht Mama echt Stunk!«

Für einen kurzen Moment herrschte Stille unter den Freunden, dann nickte Marie und holte das Eichhörnchen aus ihrer Tasche. Sie hatte es in eine ihrer Ringelsocken gesteckt und strich dem Hörnchen nun die verwuschelten Haare glatt.

»Es soll doch schön sein, wenn es in den Himmel kommt«, meinte sie, und alle anderen meinten das auch. Sie standen ehrfürchtig um Marie herum, die wirklich ziemlich mutig war. Erstens, weil sie seit Stunden die Eichhörnchenleiche mit sich herumtrug. Und zweitens, weil sie ihre Socke opferte. Das war eigentlich noch viel mutiger, denn Mamili war auf fehlende Socken sicher nicht gut zu sprechen.

Michel polsterte Hannes' Butterbrotdose mit etwas Gras und Blüten aus, und Marie legte schließlich das bunte Ringel-Eichhörnchen hinein. Es sah fast so aus, als würde es schlafen. In einem Schlafsack, auf einer Wiese. Alle streichelten dem Eichhörnchen noch einmal über den Kopf, und schließlich schloss Marie den Deckel und legte die Butterbrotdose in das große Loch. Karl verteilte eine Runde Kaubonbons, die er aus seiner Hosentasche zauberte. Die sahen zwar so aus, als seien sie schon einmal mitgewaschen worden, aber etwas Süßes zum Trost konnten jetzt alle gut gebrauchen. Auch das Eichhörnchen bekam ein Bonbon und ein paar Blumen mit auf seine Reise. Dann füllten sie das Loch mit Erde und setzten den

Grabstein. Einen Moment lang standen sie andächtig kauend um das Grab herum, bis Marie tatsächlich anfing zu weinen und Anton schniefend an seine Rede erinnerte: »Anton?«

Alle hatten ihren Beerdigungsbeitrag geleistet, und nun war er an der Reihe. Anton räusperte sich erst einmal ausführlich, um noch etwas Zeit zu gewinnen. Dann begann er: »Äh, ja. Klar. Liebes Eichhörnchen. Schade, dass wir uns nicht schon gestern kennengelernt haben. Denn gestern hättest du noch Zeit zum Spielen gehabt. Heute sieht das Ganze ja schon anders aus. Darüber sind wir alle sehr traurig, denn du, liebes Eichhörnchen, musstest heute leider –«

»… zum Chinesisch-Unterricht!«

Anton stockte der Atem.

Die Stimme, die ihn unterbrochen hatte, war die von Mamili. Alle anderen waren ebenso geschockt wie Anton. Die ganze Andächtigkeit war mit einem Schlag vorbei.

Nein, bitte nicht *jetzt!*

»Ma-rie-hie, wo bist du? Mamili bringt dich jetzt zum Chinesisch-Unterricht!« Die Stimme von Maries Mutter wurde immer lauter und ungeduldiger. »Und dann müssen wir noch zum Turnen. Und zum Diskussions-Klub für Mädchen. Zeit ist Geld, Mariechen, und von beidem hat man immer zu wenig! Ma-rie-hie, wo bist du?«

Marie seufzte. Es war wirklich zum Heulen. Sowohl die Beerdigung selbst als auch die Tatsache, dass man noch nicht mal Zeit zum Beerdigen hatte.

Marie schlüpfte durch die Büsche zu ihrer Mutter. »Hallo, Mamili, kannst du bitte noch einen Moment auf mich warten? Wir beerdigen gerade ein Eichhörnchen, und Anton hat gerade mit der Rede angefangen. Wir sind gleich fertig.«

»WAS macht ihr bitte? Um Himmels willen, Marie«, schimpfte Mamili. »Du hast dieses Vieh doch wohl nicht ANGEFASST? Und warum um alles in der Welt weinst du? Für so was haben wir jetzt wirklich keine Zeit. Wir müssen direkt zum Chinesisch-Unterricht und zum Turnen und zum –«

»Sockenkaufen!«, unterbrach Marie ihre Mutter seufzend.

Anton musste lächeln. Marie war wirklich das mutigste Mädchen, das er kannte. Er hörte sie noch »Fenshou, Leute!« rufen (was auf Chinesisch *Auf Wiedersehen, Leute* hieß), und dann hatte Marie sich auf dem Weg zu ihren tausend Terminen gemacht. *Um später einmal etwas zu werden,* wie Mamili immer sagte.

Was auch immer das heißen mochte.

Anton widmete sich wieder seiner Grabrede. »Liebes Eichhörnchen, entschuldige bitte, aber gegen Mamili ist einfach kein Kraut gewachsen. Wir sind alle sehr traurig darüber, dass du heute von uns gehen musstest. Aber wir wünschen dir jetzt eine gute Reise in den Himmel. Und bring bitte die Butterbrotdose mit, wenn du wieder auf die Erde zurückkommst. Sonst kriegt Hannes nämlich mächtig Ärger zu Hause. Ende.«

Anton war zufrieden mit seiner Rede, und die anderen Trauergäste wirkten auch nicht unglücklich. Bis auf Karl. Der

hatte Maries Aufgabe übernommen und sogar noch ein bisschen geweint.

Als Anton abends im Bett lag, dachte er an Marie und ihre
blöde Mamili. Diese doofe Kuh hatte noch nicht einmal einen
klitzekleinen Moment Zeit zum Warten gehabt. Für eine spon-
tane Beerdigung sollte man *immer* Zeit haben, fand Anton.
Und was bedeutete eigentlich *Zeit ist Geld! Und von beidem
hat man immer zu wenig*? Zu wenig Zeit hatte Mamili auf jeden
Fall. Aber was hatten Zeit und Geld denn bitte miteinander zu
tun? Zeit hatte Anton eine Menge, seine Spardose allerdings
war ständig halb leer. Er sparte zwar immer ein wenig von
seinem Taschengeld, aber aus irgendeinem Grund reichte es
nie, um sich das riesengroße Raumschiff im Spielzeugladen
zu kaufen, das er schon so lange haben wollte. Anton kritzelte
auch diese komische Frage in sein kleines Malbuch und schlief
sehr schnell ein. So eine Beerdigung konnte ganz schön an-
strengend sein.

# FRAGESTUNDE BEI OPA

$$12 + 5 + 3 - 4 - 7 + 5 + 2 - 3 - 1 + 5 + 8 - 2 + 4 + 6 - 8 - 1 + 1 + 3 - 6 + 9 + 0 - 2 - 8 + 2 = ?$$

Diese Rechenaufgabe zu lösen, dauert ungefähr genauso lange, wie das folgende Kapitel mit 904 Wörtern zu lesen. (Lösung: 23)

Ein paar Tage nach der Eichhörnchen-Beerdigung war es endlich so weit, und Anton besuchte Opa.

Als Mama ihn am Freitag aus dem Hort abgeholt hatte, fuhren sie direkt weiter. Opa war Mamas Papa, und er wohnte seit ein paar Jahren im *Haus Sonnenschein*, einem Altenheim. Das Haus hatte viele Zimmer, in denen viele alte Menschen wohnten und Hilfe von weiß gekleideten Frauen und Männern bekamen, die immer über die Flure eilten. Opa wohnte in dem Zimmer mit der Nummer 24 im zweiten Stock. Wenn der Flur leer und kein »Gespenst« zu sehen war (so nannte Opa die Frauen und Männer in Weiß), flitzte Anton mit Opas Rollator über den Gang. Der Rollator war eine Mischung aus einem Einkaufswagen und einem kleinen, fahrbaren Hocker, den Opa als Gehhilfe benutzte. Wenn Anton auf dem Flur auf und ab sauste, stand Opa an der Ecke zum Treppenhaus Schmiere, damit sie nicht von einem Gespenst erwischt wurden. Heute wollte Anton allerdings nicht rasen, sondern reden. Zumindest erst mal.

Mama brachte Anton bis vor Opas Zimmer und verabschie-
dete sich dann schnell wieder. Sie wollte noch zum Arzt, zum
Einkaufen, zur Reinigung und in die Apotheke. Und wahrscheinlich noch tausend andere Sachen machen.

Als sie ging, rief sie Anton noch zu: »Ich hol dich um 18 Uhr
ab. Sei dann bitte angezogen unten vor dem Haus, damit wir
gleich nach Hause weiterfahren können, ja?« Dann war sie
verschwunden.

*18 Uhr?* Anton schaute auf die Flur-Uhr. Da waren Zahlen von eins bis zwölf drauf, eine 18 konnte er allerdings nicht entdecken.

Mist! Mist! Mist!

Aber darum konnte er sich später noch kümmern. Nun wartete Opa auf ihn! Anton klopfte das geheime Zeichen an Opas Zimmertür. Dreimal leise. Pause. Dreimal leise. Pause. Ein fester Tritt.

Aus dem Zimmer kam Opas Stimme: »Komm rein, mein Junge!« Opa saß wie immer in seinem riesigen, braunen Sessel am Fenster und hörte Radio. Lesen und Fernsehen konnte er nicht mehr, da er kaum noch etwas sah. Seine Augen waren krank, und so wurde es für Opa mit der Zeit immer etwas dunkler. Allerdings störte ihn das nicht wirklich. Und seine Brille trug er auch weiterhin. »Ich sehe damit schlauer aus«, hatte er Anton mal erklärt.

Anton umarmte Opa zur Begrüßung und gab ihm einen dicken Kuss. »Hi, Opa! Wir müssen reden.«

»Hallo, Anton! Lass mich raten, es geht um ein Mädchen, stimmt's?«, fragte Opa. Anton verneinte. »Dann hast du ganz aus Versehen eine Bank ausgeraubt. Und

nun passt das ganze Geld nicht in deine Spardose und ich soll dir meine leihen?«, riet Opa weiter.

»Auch falsch.« Anton musste grinsen. Opa kam wirklich auf verrückte Ideen.

»Jetzt hab ich's! Du hast aus einem Müslikarton, Limonadenflaschen, einer Cremedose, zwei Batterien, etwas Angelschnur, zwölf rostigen Nägeln und Apfelkaugummi eine Zeitmaschine gebaut, stimmt's? Ich hab es gewusst, Anton, aus dir wird noch mal was!«

»Nein, stimmt leider nicht. Allerdings hast du mit der *Zeit* schon mal recht!«

»Dann erzähl mal, Anton. Ich hab Zeit, so lang du willst.«

»Du bist seltsam, Opa! *Kinder* haben Zeit. *Erwachsene* nie. Besonders Mama nicht. Die fragt ständig: *Himmel, wo ist nur wieder die Zeit geblieben?* Wenn ich nicht rausfinde, warum das so ist, werde ich ganz verrückt im Kopf.«

»Das mit dem Verrücktwerden überlass mal mir, Anton«, sagte Opa. »Erzähl mir lieber die ganze Geschichte!«

Anton atmete tief durch und holte sein kleines blaues Malheft aus der Jackentasche. Er blickte auf seine Notizen, aber die ergaben plötzlich gar keinen Sinn mehr. Wo sollte er nur anfangen? Das ganze Zeit-Thema war so fürchterlich kompliziert. Er brauchte drei Schokoriegel aus Opas Nachttisch, bis er die richtigen Worte fand.

Er erzählte von den drei Alarmstufen. Von der Murmelrechnung. Vom Immer-alles-ordentlich-machen-Müssen und vom Zu-richtig-Machen. Vom Bus fahrenden Chamäleon Kemper mit der schlechten Laune. Vom schönen Bus- und Bettentag. Von Giselas Ordnungsfummel und dem Alles-gleichzeitig-Machen. Von Mamilis blödem Zeit-ist-Geld-Tick. Von den schleichenden und den rasenden Stunden in der Schule. Auch Mamas Bitten und Betteln, endlich die Uhr lesen zu lernen, erwähnte er.

Nur die 18 Uhr vergaß er. Leider.

Als er fertig war, sauste es in seinem Kopf. »Warum haben Kinder immer Zeit und Erwachsene nie, Opa?«, fragte Anton schließlich erschöpft.

Opa nahm seine Brille ab und kaute am Bügel. Dann schaute er verschwörerisch in Antons Richtung. »Um die Lösung zu finden, müssen wir das Problem Stück für Stück einkreisen. Wie zwei Detektive!«

Anton antwortete mit einem entschlossenen »Ah-hä?«. Er hatte keine Ahnung, wie man ein Problem einkreisen konnte.

Aber es fühlte sich immerhin gut an, dass Opa ihm helfen wollte. Und was ein Detektiv tat, das wusste Anton auch.

Noch dazu Stück für Stück.

»Also, Anton, Kinder haben Zeit, Erwachsene nicht«, stellte Opa fest. »Das führt zu schwierigsten Schwierigkeiten. Richtig?«

»Richtig!«, antwortete Anton.

»Zeit kann man nicht zusammenrechnen wie Murmeln. Und je mehr Zeit Kinder haben, desto weniger haben Erwachsene. Auch richtig?«

»Auch richtig.«

»Gut, dann haben wir zumindest schon mal das Problem eingekreist«, sagte Opa und nickte zufrieden.

»Die Lösung werden wir schon finden, Anton. Aber wir müssen ein wenig Geduld haben.«

»Ich habe aber keine Geduld!«, sagte Anton ungeduldig.

»Geduld ist etwas, wovon man *nie* genug hat. Ebenso wie Zeit. Je weniger Zeit man hat, desto weniger Geduld hat man. Aber du *hast* ja Zeit, Anton. Also kannst du auch Geduld haben. Warte ab, bis die Lösung zu dir kommt. Du wirst sehen, sie wird dich umhauen. Ganz einfach – PENG –, und dann ist sie da. Bis dahin fahren wir ein kleines Rennen auf dem Flur. Einverstanden?«

# EIN FOLGEN-
# SCHWERER UNFALL

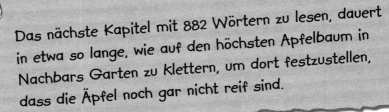

Das nächste Kapitel mit 882 Wörtern zu lesen, dauert
in etwa so lange, wie auf den höchsten Apfelbaum in
Nachbars Garten zu klettern, um dort festzustellen,
dass die Äpfel noch gar nicht reif sind.

Anton wusste nicht, ob er erleichtert oder enttäuscht sein sollte. Eigentlich wollte er ja eine *Antwort* haben, und nun sollte er *Geduld* haben?

Seufzend stand er vom Bett auf und folgte Opa auf den Gang hinaus. Anton ging mit dem Rollator nach links ans Ende des langen Flurs. Opa, in jeder Hand einen Gehstock, tippelte in die entgegengesetzte Richtung bis zum Aufzug. Einen Moment lang horchte er. »Hier ist die Luft rein, Enkel. Kein Gespenst im Anflug. Kann losgehen!«, rief er dann.

Anton rief »Start!«, nahm Anlauf und schob den kleinen Wagen vor sich her. Er rannte schneller und schneller, und ungefähr auf der Hälfte des Flurs stützte er sich fest auf die Griffe des Rollators, hob die Füße hoch und kniete sich auf das kleine Sitzbrett. Mit wehenden Haaren und Kribbeln im Bauch sauste er Opa am anderen Ende des Flurs entgegen, bis er kurz vor dem Aufzug mit einem Fuß auf dem Boden quietschend abbremste. »Und?«, fragte er außer Atem.

»Nicht schlecht, Enkel. Warst so schnell wie ein Dackel mit Rückenwind. Aber das kannst du besser!«

Die Zeit mit Opa verflog schnell, während Anton noch etliche Male auf dem Flur hin- und herflitzte. Mal war er so schnell wie eine Libelle mit Turboantrieb, mal so schnell wie ein Delfin, der dringend aufs Klo musste. Als er einmal extra ganz langsam fuhr, meinte Opa, er sei so lahm wie ein Seestern mit Holzbein.

»Opa, pass auf!«, rief Anton da. »Jetzt mach ich noch mal richtig Qualm. Jetzt fahre ich einen neuen Rekord!«

Anton rannte los wie ein Stier – den Kopf gesenkt, die Muskeln gespannt, die Augen konzentriert nach vorne gerichtet. Er rannte ein Stück und schwang sich auf das Sitzbrett des Rollators. Dann duckte er sich ganz tief, um möglichst windschnittig zu sein, und nahm sich vor, erst spät zu bremsen.

Tatsächlich fühlte er sich schneller als bei den anderen Rennen. Das Ende des Flurs und Opa und – *oje, MAMA?* – kamen unaufhaltsam auf ihn zu.

Mama hatte die Treppe genommen und bog nun um die Ecke des Fahrstuhls. Opa hatte sie wohl nicht kommen gehört.

Mama sah erst Opa an, dann den heranbrausenden Anton – und dann sah sie gar nichts mehr, weil Anton direkt in sie reinfuhr. Er hatte sich so sehr über ihr Auftauchen erschrocken, dass er ganz vergessen hatte zu bremsen.

»Aaachtuuuuung, Maaamaaa!«, konnte er zwar noch rufen, aber das nützte auch nichts mehr, um die Katastrophe zu verhindern. Krachend fuhr er sie über den Haufen, und beide rutschten auf dem glatten Fußboden ein Stück den Flur entlang.

Die anschließende Stille wurde nur durch das quietschende Rad des Rollators unterbrochen, der neben ihnen auf dem Fußboden lag. Dann brach Opa das Schock-Schweigen.

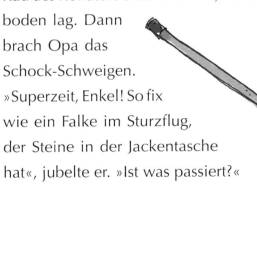

»Superzeit, Enkel! So fix wie ein Falke im Sturzflug, der Steine in der Jackentasche hat«, jubelte er. »Ist was passiert?«

»Haha, Papa, sehr witzig«, fuhr Mama Opa an. »Ich kann mich kaum halten vor Lachen. Anton, bist du okay?« Mamas Stimme war alles andere als freundlich.

Anton fühlte in sich hinein. War er okay? Ja, das war er wohl. Aber um den einen oder anderen blauen Fleck würde er wohl nicht herumkommen. Und ein Kugelfisch hatte sich auch schon in seinem Bauch bemerkbar gemacht. »Ja, einigermaßen. Und du, Mama, bei dir auch alles in Ordnung?«, fragte Anton ein wenig zögerlich.

Ob sie wohl gleich mit den Augen rollen würde?

»Bei mir ist *gar nichts* in Ordnung. Ich bin stocksauer, Anton. Wir waren um sechs Uhr unten vor dem Haus verabredet! Erinnerst du dich? Und du warst nicht da. Und DU, Papa, hast ihn nicht runtergeschickt. Ich musste mir im strömenden Regen am Ende der Welt einen Parkplatz suchen und dann hierherlaufen. Und der Aufzug kam auch nicht. Ich war den ganzen Tag auf den Beinen und bin echt erledigt, und dann noch DAS hier! Außerdem tut mir mein rechter Fuß echt weh. Mist!«

Mama war nach diesen Sätzen total außer Atem, weil sie nämlich eigentlich ohne Punkt und ohne Komma gesprochen hatte, ohne auch nur *ein Mal* zu atmen. Kein Wunder, dass sie aus der Puste war. Anton blickte auf die Flur-Uhr. Der große Zeiger stand auf der Vier, der kleine bewegte sich in Richtung

Sieben. War es vier nach sechs? Oder vier vor sieben? Und was hatte das alles mit 18 Uhr zu tun? Anton wünschte sich plötzlich nichts mehr, als die Uhr lesen zu können. In seinem Bauch blähte sich ein riesiger Kugelfisch auf. Am liebsten hätte er diesen ganzen Schlamassel ungeschehen gemacht.

Mama riss Anton aus seinen Gedanken, indem sie tief Luft holte und rief: »Könnt ihr beide denn nicht die Uhr lesen, verflixt noch mal?«

*WAS?* Anton sah sie verdutzt an.

War DAS die Lösung? Die Lösung, nach der Anton in letzter Zeit so verzweifelt gesucht hatte?

*In seinem Kopf wiederholte er Mamas Satz.*

Er kam nicht dazu, weiter darüber nachzudenken, denn Mama nahm seinen Arm und zog ihn hoch. »Wir gehen jetzt nach Hause. *Sofort.*«

Anton richtete den Rollator auf und schubste ihn leicht in Opas Richtung. Der stand vorsichtig grinsend am Aufzug und hielt die linke Hand an den Kopf. Sein kleiner Finger zeigte auf seinen Mund, sein Daumen steckte fast in seinem Ohr. Die anderen Finger hatte er eingeklappt. Nach einem kurzen Moment, der so lange dauerte, wie einmal pupsend die Luft aus einem Luftballon lassen, verstand Anton, was Opa ihm sagen wollte: Anton sollte ihn anrufen!

# ZEIT FÜR EINE GUTE IDEE

Dieses vorletzte Kapitel hat 782 Wörter. Es zu lesen, dauert so lange, wie dir so viel Badeschaum zu machen, wie du schon immer einmal haben wolltest.

Abends lag Anton in seinem Bett und dachte daran, was Opa gesagt hatte: Die Lösung würde ihn umhauen. Und das hatte sie getan. Schließlich hatte der Rollator-Unfall dabei geholfen, Antons Zeiträtsel zu lösen. Ihm tat immer noch alles weh. Aber das merkte er kaum, so sehr freute er sich, die Antwort auf all seine Fragen gefunden zu haben. Die Uhr war an allem schuld! Klar. Wieso war er nicht früher darauf gekommen?

Anton musste mit Opa sprechen! Er schlich sich aus seinem Zimmer in den Flur. Vorsichtig blinzelte er ins Wohnzimmer. Der Fernseher lief, Mama schlief auf dem Sofa, den Kopf auf einem Berg Wäsche. Die Luft war also rein.

Anton schnappte sich das Telefon und rief Opa an. Es tutete fünfmal, bis Anton eine Männerstimme hörte: »Pizzadienst Luigi, Sie wünschen bitte?«

Anton musste grinsen. Opa meldete sich nie mit seinem richtigen Namen am Telefon. »Hallo, Opa, ich bin's, Anton.«

»Anton, mein Junge! Wie geht es dir und Mama?«

»Na ja, mir geht es ganz gut. Aber Mama war echt noch sauer.«

»Hab etwas Geduld mit ihr, Anton.«

»Du und deine Geduld.«

»Ja, Anton, Geduld ist wichtig. Aber noch viel wichtiger ist, dass du die Uhr lernst.«

Anton erschrak. Jetzt fing Opa auch schon damit an. Dabei war er doch sonst immer auf *Antons* Seite!

»Ich will aber nicht die Uhr lernen!«

»Warum nicht?«

»Weil ich dann NIE mehr Zeit habe! Wer die Uhr lesen kann, hat keine Zeit. Also alle Erwachsenen. Nur Kinder haben Zeit. Weil sie die Uhr nicht lesen können. Das ist die Lösung. Die Lösung vom Zeiträtsel! *Du* bist die einzige Ausnahme, die ich kenne. Aber du hast immer Zeit, weil du fast blind bist und die Uhr nicht sehen kannst!«

Anton machte eine Pause, bevor er noch ein Wort sagte: »Oder?«

Opa antwortete nicht direkt. Nachdem er so lange geschwiegen hatte, wie ein Wassertropfen braucht, um die Fensterscheibe hinunterzulaufen, sagte er ernst: »Anton, ich habe Zeit, weil ich sie mir *nehme*.«

Anton verstand nicht. Wie konnte man sich Zeit nehmen? »Die meisten Menschen nehmen sich *keine* Zeit für die Dinge, die sie tun«, fuhr Opa fort. »Herrn Kemper kann es nie schnell genug gehen. Dem dauert einfach *alles* zu lange. Deshalb hat er auch *immer* schlechte Laune. Deine Mama und Gisela machen immer *ganz viele* Dinge gleichzeitig, weil sie glauben, auf diese Weise *ganz viel* zu schaffen. Deshalb wuseln sie ständig herum und sitzen nur ganz selten still. Sie wollen einfach *zu viel* in *zu wenig* Zeit erledigen. Das *kann* nicht gut gehen. Zumindest nicht lange. Und Mamili ist ein ganz hoffnungsloser Fall. Die nimmt sich *selbst* keine Zeit, und sie lässt auch *Marie* keine Zeit. Noch nicht mal für eine außerplanmäßige Beerdigung. Mamili glaubt, dass Marie in ganz kurzer Zeit ganz viel lernen muss, um später möglichst erfolgreich zu werden. Verstehst du?«

*deine geduld*

Anton war sich nicht sicher, ob er genau verstand, was Opa meinte. »Und warum haben Kinder dann immer Zeit, Opa?«, fragte er.

»Kinder haben kein Gefühl für Zeit. Fünf Sekunden, 30 Minuten, zweieinhalb Stunden … Damit können Kinder nichts anfangen. Du nicht. Und deine Freunde auch nicht. Deshalb habt ihr immer Zeit. Und das ist auch gut so! Schnell und eilig spielen geht eben nicht. Man muss die Zeit auch mal vergessen können. Kinder sind darin einsame Spitze. Die meisten Erwachsenen allerdings völlige Nieten«, meinte Opa lachend.

In Antons Kopf kullerten Opas Worte wie Murmeln durcheinander: *Zeit nehmen. Zeit haben. Zeit vergessen …* »Aber warum soll ich dann die Uhr lernen, wenn es doch gut ist, die Zeit zu vergessen?«, fragte er verwirrt.

»Die Uhr zu lernen, ist nichts Schlimmes, Anton. Denn nur, wenn du die Uhr kennst, kannst du dir Zeit *nehmen*. So wie ich. Für Sachen, die dir wichtig sind! Und hin und wieder könnte ein Blick auf die Uhr dir eine Menge Ärger ersparen. Heute wäre es doch ganz gut gewesen, die Uhr zu können, hm?«

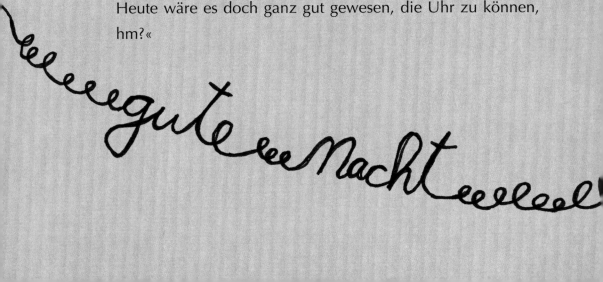

Da musste Anton Opa recht geben. Ja, heute wäre es tatsächlich ganz gut gewesen, um 18 Uhr vor dem *Haus Sonnenschein* auf Mama zu warten. Wann auch immer das sein sollte. Dann wäre dieser ganze Rollator-Flur-Schlamassel nicht passiert.

»Geh jetzt ins Bett, Anton«, unterbrach Opa seine Gedanken. »Es ist schon spät. Für heute haben wir lang genug Detektivarbeit geleistet. Wir sehen uns übernächste Woche bei deinem Geburtstag. Gute Nacht, Enkel!«

»Gute Nacht, Opa«, sagte Anton. Er legte auf und schlich sich aus seinem Zimmer, stellte das Telefon zurück und linste ins Wohnzimmer. Der Fernseher lief noch immer, und Mama schlief unverändert auf dem Wäscheberg. *Typisch Mama. Macht mal wieder zwei Dinge gleichzeitig!*, dachte Anton.

Er legte sich ins Bett und nahm sich noch etwas Zeit, um in Ruhe einen Entschluss zu fassen. Dann schlief er lächelnd ein.

# DAS UHREN-GEHEIMNIS

Noch 948 Wörter, dann ist das Buch zu Ende. Diese zu lesen, dauert ungefähr so lange, wie im Restaurant den Inhalt des Salzstreuers mit dem der Zuckerdose zu vertauschen.

Am nächsten Morgen wurde keine Alarmstufe ausgelöst. Am übernächsten Morgen auch nicht. Und auch nicht an den folgenden Tagen. Anton und Mama gingen morgens immer gemeinsam die 84 Stufen in ihrem schönen Treppenhaus hinunter und am Nachmittag wieder hinauf. (Am ersten Tag humpelte Mama leider ein wenig.) Dabei lachten, erzählten und sangen sie oder ließen die 72. Stufe gruselig knarzen. Einmal vertauschten sie sogar heimlich die Schuhe vor den Wohnungen im dritten Stock und lachten den ganzen Weg bis zur Schule darüber. Anton verschwand an diesen Tagen nachmittags mit dem Telefon in sein Zimmer und kam meist erst zum Abendessen wieder heraus. Mama hatte er Zimmer- und Lauschverbot erteilt. Und zu Antons Überraschung hielt sie sich sogar daran.

Dann kam Antons Geburtstag. Am Abend vorher war er so aufgeregt, dass er gar nicht einschlafen konnte. Erst zählte er Schäfchen, aber beim 128. hatte er keine Lust mehr. Dann ordnete er seine Leuchtsterne um, die an der Wand neben

seinem Bett klebten. Und als Anton dann
immer noch nicht müde war, machte er sein
Lieblingspuzzle. Die Zeit bis zum nächsten
Morgen wollte und wollte einfach
nicht vergehen. *Opa würde jetzt sa-*
 *gen: Hab Geduld, Anton*, dachte er noch,
als ihm die Augen zufielen …
»Anton, was machst du denn
hier?«, hörte er im nächsten Mo-
ment Mama fragen.

Anton rieb sich die Augen. Er musste
eingeschlafen sein, mitten auf dem Spiel-
teppich, mit dem Kopf im Puzzlekarton. »Auf meinen
Geburtstag warten,« sagte er.

»Genug gewartet, Hase. Geburtstag, Geschenke und Gäste
sind da. Herzlichen, allerliebsten Glückwunsch, mein kleiner
Geburtstags-Anton!«

Mama umarmte ihn und gab ihm sieben
Küsse auf die Nase. Für jedes Jahr
einen. Dann konnte Anton sich aus
ihrer Umarmung befreien und rannte
lachend ins Wohnzimmer.

Dort saß Opa unter einer bunten
Girlande am toll gedeckten Geburtstagstisch
und nahm Anton in die Arme. »Glückwunsch, Enkel!
Wird auch Zeit, dass du endlich aufstehst. Ich hab
einen Riesenhunger!«

Mama, Opa und Anton frühstückten lange.
Sehr lange. Und nach jeder Brötchenhälfte durfte
Anton ein Geschenk auspacken. Er bekam das
große Raumschiff, das er sich schon so lange
wünschte, Inlineskates, ein Buch über Neandertaler
und ein Paar blaue Socken.

Dann war Anton satt. Aber zwei Geschenke lagen noch auf dem Tisch. Sie waren ungefähr gleich groß, flach und rechteckig.

»Na los, mach schon auf, Enkel«, forderte Opa ihn auf. »Wir haben ja nicht ewig Zeit! Das rote zuerst, das ist von mir.«

»Na, na, na, Opa. Du musst Geduld haben!«, sagte Anton und lachte prustend los. Er löste das Papier extra langsam und öffnete schließlich die kleine Pappschachtel. Zum Vorschein kam eine Armbanduhr mit einem dunkelblauen Armband, roten Zeigern und Leuchtzahlen. Das Zifferblatt sah aus wie der Tacho in Mamas Auto. Der große Zeiger stand auf der Sechs, der kleine war kurz vor der Zwölf, der Sekundenzeiger tickte rundherum. Anton schaute auf die große, gelbe Küchenuhr.

Die Zeigerstellung war die gleiche. Anton umarmte Opa, und Opa umarmte Anton. »Danke, Opa, die sieht echt toll aus!«

Anton schaute zu Mama. Sie grinste über das ganze Gesicht und sah fast ein bisschen wie ein Breitmaulfrosch aus.

Ein niedlicher Breitmaulfrosch.

Aber das sagte Anton nicht. Denn er wusste ja, was sich gehörte. Und das gehörte sicher nicht dazu. Mama reichte ihm das letzte Geschenk. »Ach, Anton, wo ist nur die Zeit geblieben? Jetzt bist du schon *sieben*!«

Mama und ihre Fragen ... Kopfschüttelnd und lächelnd nahm Anton Mamas Geschenk entgegen und riss aufgeregt das Papier auf. *Nanu? Schon wieder eine kleine Pappschachtel!* Langsam hob er den Deckel und fand *noch eine* Armbanduhr. Fragend schaute er Mama an. Mama grinste immer noch. Anton schaute zu Opa, und Opa zwinkerte in Antons Richtung. (So ganz genau sah er Anton ja nicht.)

Anton schaute auf sein Geschenk. Das Armband war bunt gestreift, das Zifferblatt blau, die Zeiger grün, gelb und rot. Anton fand die Uhr wirklich wunderschön, aber wenn er ehrlich war, hatte er keine Ahnung, wofür er eine zweite Armbanduhr brauchte. *Sicher, er hatte zwei Arme, aber brauchte man deshalb gleich zwei Armbanduhren?*

Er schaute zu Mama und sagte: »Danke.« Aber eigentlich klang es wie eine Frage.

Mama bemerkte Antons Verwirrung, grinste aber immer noch wie ein Breitmaulfrosch. »Anton, hast du schon mal auf die Uhr gesehen?« Anton nickte langsam. »Schau noch mal genauer hin.«

Er blickte noch einmal auf die Uhr. Sie sah immer noch so aus wie gerade eben. Aber dann, nach einem Moment, der so lange dauerte, wie einmal Geburtstagskerzen auspusten, fiel es Anton auf: Der Sekundenzeiger bewegte sich nicht, die Uhr stand still!

Anton schaute Mama an. So ganz genau verstand er es immer noch nicht, aber er spürte, dass diese Uhr etwas Besonderes war.

Mama lüftete schließlich das Uhrengeheimnis: »Die Uhr von Opa ist für die Tage von Montag bis Freitag. An diesen Tagen müssen wir die Zeit ein wenig im Auge behalten und pünktlich in der Schule oder bei der Arbeit sein. Aber an den Wochenenden und in den Ferien kannst du meine Uhr tragen. Dann haben wir alle Zeit der Welt für schöne Dinge. So viel Zeit wie du möchtest, Anton. Versprochen!«

Nun grinste Anton wie ein Breitmaulfrosch, und Mama schaute leicht fragend. »Nur an den Wochenenden? Man kann sich doch auch in der Woche Zeit nehmen«, sagte Anton. »Wenn man die Uhr lesen kann!«

Anton legte Opas Uhr um. Obwohl heute Sonntag war. »Dann schlage ich vor, dass wir uns jetzt erst einmal eine halbe Stunde Zeit nehmen. Denn ich will dir mal erklären, wie

100+7 =

spät es jetzt ist. Und wie spät es in fünf Minuten ist. Und um Viertel nach zwölf. Einverstanden?«

Anton war jetzt sieben. Er besaß 67 Spielzeugautos, 19 Kuscheltiere, acht komplette und zwei halbe Paare blaue Socken, eine Mama und jede Menge Zeit.